Angelika
Angermeier

KRIMINELLES AUS RHEINHESSEN PETER MEYER VERLAG

ZWEI KOMMISSARE UND EIN SOMMER

BAND 1

BRUDERLIEBE | GEISTERJÄGER | LEBENSKRISE

Angelika Angermeier (geb. 1962) lebt in Rheinhessen und schreibt mit Vorliebe Kurzgeschichten, die vom puren Leben handeln. Als Teil einer Anthologie wurde ihre erste Kurzgeschichte 2015 veröffentlicht. Der vorliegende Krimi-Band ist ihr erstes Buch. Weitere (Kurz-)Krimis sollen folgen. Mehr siehe unter »Über mich« am Ende des Buches.

Sehen und hören Sie die Autorin im Video-Portrait.

INHALTSVERZEICHNIS

* Hier hören Sie die Songs der Geschichten im Original.

PERSONEN

Sabine Klein
Ermittlerin, die einmal mit einer Vogeljakob-Nachtigallflöte pfeifen will.

Turgut Yilmaz
Ermittler, der von den Qualen der »grünen Hölle« träumt.

Olaf Saaler
Polizeichef, der auch schon Pinguine zum Kochen gebracht hat.

BRUDERLIEBE

Marlene Bergmeier
Metzgerin, die Fleisch und einen Selbstmord zu verarbeiten hat.

Katja Bohle
Leiche. Sah wie ein Model aus und endete trotzdem kopflos.

GEISTERJÄGER

Eva Glück
Ein Name ist nicht immer Programm.

Uwe Müller
Leiche. Sprach mit einem Geist am Kühlschrank.

LEBENSKRISE

Samuel Levi
Der Mörder ist nicht immer der Gärtner.

Monsieur Julian
Leiche. Erlebte Kunst mit Risiko und Nebenwirkungen.

ZWEI KOMMISSARE UND EIN SOMMER

BRUDERLIEBE

LIED: *I heard love is blind*
Amy Winehouse
SINNBILD: *Nachtigall*

Mit gewaltiger Stimme sang die Nachtigall. An dem Platz, den niemand kannte. Unscheinbar saß sie im Geäst. Sie sang, als gäbe es zwischen Abend und Morgen nichts Erregenderes. Als habe sie das Lied ›I heard love is blind‹ komponiert. Du kennst diesen Vogel nicht, er aber weiß von allem. Mit hochgezogenem Kopf, den Schnabel weit geöffnet, hatte er alles gesehen. Doch wer will schon von einem Sterben berichten?

200 Stunden Yogaausbildung. Man hätte es ihrem Körper ansehen können. Die Leiche lag in ein Bigpack eingewickelt in der Lage Geierspiel in der Pertel von Saulheim. Ein Winzer, der an diesem Dienstagmorgen im Mai zum Ausbrechen in seinen Weinberg fuhr, entdeckte den weißen Plastiksack als Erster und wünschte, es wäre anders gekommen.

»Welcher Idiot hat seinen Bauschutt in meinem Wingert abgelegt?«, schimpfte er vor sich hin. Dann schaute er in den Bigpack und riss sofort den Kopf herum. Ekelerregend waren der aufsteigende Verwesungsgeruch, die Fliegen und Maden. Bei warmer Witterung rochen die Schmeißfliegen Tote selbst über weite Entfernung. Der Winzer hatte den Inhalt nicht als menschlichen Körper erkannt und vermutete, dass jemand die Reste eines toten Tieres in den Sack gepackt hatte. Doch die Größe des Inhalts ließ ihm keine Ruhe. Er sah nach. Diesmal hielt er sich ein Taschentuch vor die Nase.

»Herrgott, ein Mensch! Ein Toter, in den Weinbergen! Wenn die Polizei ihn findet, sperren sie das Gebiet tagelang ab. Was ist dann mit meinen Reben? Ich kann dann den Boden nicht mehr bearbeiten. So ein Mist, warum muss das mir passieren, warum ausgerechnet in meinem Weinberg, heute am 23. Mai? Was mache ich bloß?«, jammerte der Winzer. Er hatte ein, zwei Mal die Polizei in Wörrstadt angerufen und die Nummer im Handy gespeichert: 911-100.

»Guten Tag, bin ich mit der Polizei verbunden? Hier spricht Helmut Metzler, ich habe eine Leiche in meinem Weinberg gefunden.« Gestelzt versuchte er, der diensthabenden Polizistin am anderen Ende der Leitung seinen grausigen Fund zu erklären.

Nach diesem Anruf nahm alles seinen Lauf. Polizei, Rettungswagen mit Notarzt und Leichenwagen fuhren innerhalb kürzester Zeit vor. Erste Untersuchungen vor Ort ergaben, dass es sich um eine Frau handelte. Dem Rumpf der Leiche fehlte der Kopf. Der Arzt stellte ein Tötungsdelikt fest und schrieb dies in den Leichenschein. Die genaue Todesursache würde die rechtsmedizinische Abteilung der Johannes-Gutenberg-Universität in Mainz herausfinden, denn der Körper war fast verwest. Mit Spürhunden suchte die Polizei das unwegsame Gelände nach dem Kopf ab. Beamte in weißen Schutzanzügen sperrten großräumig das Gebiet um den Fundort ab, stellten Zelte auf, die wertvolle Spuren vor dem Wetter schützen und Presse oder Neugierige abhalten sollten.
Trotzdem verbreitete sich die Nachricht des Funds einer weiblichen Leiche blitzschnell. Bis zum Abend sprach jeder in Saulheim über die Tat und dass es sich

bei der Toten um Katja Bohle handelte, eine angehende Zahnarzthelferin aus Nieder-Saulheim. Sie war erst Anfang 20 Jahre alt gewesen, hatte eine sportliche Figur, ein schmales Gesicht und leuchtend blaue Augen gehabt. Ganz fanatisch war sie mit ihren Jagdhunden gewesen, die sie und ihre Eltern züchteten. Dafür, dass sie sich für das Amt der künftigen Weinkönigin beworben hatte, bewunderten sie viele, andere weniger. Zahlreiche Einwohner meldeten sich bei der Polizei, um als Zeuge auszusagen.
Nachdem die rechtsmedizinische Abteilung festgestellt hatte, dass die Saulheimerin mit an Sicherheit grenzender Wahrscheinlichkeit am Sonntag, den 14. Mai 2017 in den frühen Morgenstunden getötet worden war, leitete die Staatsanwaltschaft Mainz ein Ermittlungsverfahren gegen Unbekannt ein. Die Schutzpolizei hatte eine Todesmeldung am Tatort gemacht und der zuständige Kripobeamter, Turgut Yilmaz, traf unverzüglich dort ein.

Nach der Tatortbesichtigung versuchte Yilmaz, von den Ermittlungen in Saulheim freigestellt zu werden. Die Anfrage fiel ihm schwer, so karrierebewusst wie er war. Er holte tief Luft und betrat entschlossen das Büro seines Chefs, Olaf Saaler.

»So leid es mir tut, aber ich werde auf keinen Fall in Saulheim ermitteln. Es ist etwas Persönliches, das mich daran hindert«, platzte er heraus.

»Was genau hindert Sie?« Olaf Saaler schien müde zu sein. »Wenn Sie den Grund nicht benennen, werde ich Ihrem Antrag nicht stattgeben.«

»Ach so. Dann mache ich Ihnen einen Vorschlag, Chef.« Mit Saaler zu verhandeln, trauten sich nur wenige. Turgut lag zwar daran, nicht in Saulheim zu ermitteln, aber mehr noch, den Grund dafür geheim zu halten.

»Dann will ich mit Kommissarin Sabine Klein an dem Fall arbeiten. Wir haben zusammen in Hahn studiert. Sie stammt aus Saulheim und kennt sich dort aus.«

»Sie haben Ideen! Das ist doch kein Wunschkonzert hier. Frau Klein ist in Worms eingeteilt«, blaffte der Polizeichef.

Saaler vermutete nicht, dass Yilmaz eine Affäre in Saulheim gehabt haben könnte. Das würde er ihm nicht zutrauen. Der kurdischstämmige Ermittler arbeitete zuverlässig, hielt sich an Regeln, war stets loyal, beteiligte sich nicht an Intrigen und fiel nicht weiter auf. Er behandelte Freunde und Kollegen zuvorkommend und Saaler hatte ihn auch schon als fürsorglichen Familienvater erlebt.

»Sie beide kennen sich von der gemeinsamen Studienzeit an der Polizei-Fachhochschule. Sie haben öfters zusammengearbeitet. Na und?«, entkräftete Olaf Saaler Yilmaz' Argumente.

»Wir gelten als professionelles Team und haben einige knifflige Fälle aufgeklärt. Das sollten Sie berücksichtigen, Chef.«

»Ich denke darüber nach. Aber von der Aufgabe entbinden werde ich Sie nicht«, mit diesen Worten warf sein Chef ihn aus dem Büro. Yilmaz verbuchte es als Teilerfolg, dass er am Ende doch mit der Kollegin Sabine Klein zusammen an den Ermittlungen arbeiten durfte.

Turgut Yilmaz und Sabine Klein fuhren gemeinsam in das etwa 18 km südwestlich von Mainz gelegene Saulheim.

»Na, du Heldin, hast du dir endlich ein Tattoo stechen lassen?«, fragte Turgut seine ehemalige Studien-Kollegin provozierend.

»Nee«, antwortete Sabine, die im Dienst demonstrativ in Jeans, Lederjacke und ihren alten Red Wings auftrat, kleinlaut. »Aber ich habe einen Termin in einem Tattoostudio gemacht. Nächste Woche ist es soweit. Über das Motiv denke ich weiter nach.«

Nieder-Saulheim, Ostergasse, im düsteren Wohnzimmer der Familie Bohle herrschten kühle 17 Grad. Die dicken Mauern schotteten das Haus des Winzerehepaars gegen Sonneneinstrahlung und Wärme ab. Wie in einer Festung. Das machte die Befragung nicht einfacher.

»Unsere Tochter ist in Saulheim geboren und aufgewachsen. Sie besuchte hier die Grundschule und ging anschließend auf die IGS – die Integrierte Gesamtschule in Nieder-Olm. Alles völlig normal«, je länger die Mutter sprach, desto gereizter klang ihre Stimme. »Nach der Mittleren Reife fing Katja eine Lehre in Wörrstadt beim Zahntechniker Braun an. Das war ihr Wunsch, unserer bestimmt nicht. Dieses Jahr hätte sie abgeschlossen. Dann hätte sie endlich mehr Zeit für die Arbeit auf dem Hof gehabt. Was wollen Sie überhaupt von uns?«

»Ihre Tochter wurde ermordet. Wir suchen nach einem Tatmotiv und dem Täter«, antwortete der Kommissar sachlich.

»Sie fangen bei uns an und der Mörder läuft draußen frei umher? Katja ist – war – ein liebes Mädchen, allseits bekannt und beliebt. Weinkönigin wäre sie geworden! Und sie hatte vor, sich bei den Landfrauen in Nieder-Saulheim zu engagieren. Warum in aller Welt sollte jemand einen Grund haben, sie umzubringen?«, schrie Katjas Mutter den Kurden an.

Draußen bellten die Hunde.
»Uns fragen Sie, Sie Polizistenpack! Uns, die Eltern?«, schimpfte die Mutter weiter und gab an, mit ihrem Mann an dem besagten Sonntagmorgen geschlafen und am Abend vor der Tat in der Sängerhalle ein Konzert besucht zu haben. Obwohl das Gespräch aggressiv verlief, stellten die beiden Kommissare keine Ungereimtheiten fest.

Bei den weiteren Ermittlungen an der Gesamtschule in Nieder-Olm erfuhren Klein und Yilmaz, dass Katja häufig in der Schule gefehlt hatte, um mit ihrer Freundin Lucia abzuhängen. Katja musste deshalb die zehnte Klasse wiederholen. Also war doch nicht alles so normal gewesen, wie die Eltern glauben machen wollten.
»Wie war das Verhältnis zwischen Lucia und der Toten zuletzt? Wie heißt Lucia mit Nachnamen?«, erkundigte sich der Kommissar.
»Katja und Lucia? Ja, die beiden sah man immer mal wieder zusammen im Eiscafé Venezia. Wenn auch nicht mehr so oft wie früher. Lucia Rossi. Sie hilft regelmäßig im Eiscafé aus.«
Die ehemalige Sportlehrerin von Katja begleitete die Beamten aus dem Schulgebäude.
»Ich kann verstehen, dass jemand sie umgebracht hat«, platzte sie übergangslos heraus.

»Katja war gut in Sport, vor allem im Handball. Sie hatte eine Topfigur, war durchtrainiert und hatte Haare wie Seide. Wie ein Model sah sie aus, aber dann dieser Mann. Sie war ja besessen von dem. Alleine traf man sie nicht mehr an. Weder beim Einkaufen noch im Schwimmbad oder beim Döner. Immer waren sie zusammen. Und dann diese Geschichte. Herrje.«

»Wie meinen Sie das?«, fragte die Kommissarin Klein zurück.

»Einer ihrer Hunde. Fragen Sie doch im Ort mal nach. Dort wird man es Ihnen schon erzählen«, antwortete die Lehrerin und schloss hastig die Schultür zwischen ihnen ab.

Als das Ermittlerteam zum Auto lief, schlug die Kommissarin vor, für eine Pause ins Eiscafé Venezia zu fahren.

»Ich gehe auf keinen Fall ins Venezia«, weigerte sich ihr Kollege. »Kein Eis. Ich habe eine Milcheiweißallergie«, behauptete er und die beiden stiegen in das Auto.

»Ok, Turgut, dann trinken wir eben Cola. Die enthält garantiert kein Kuhmilcheiweiß«, frotzelte Sabine, die liebend gerne Cola trank. Es sollte scherzhaft klingen.

»Nicht ins Venezia.«

»Irgendetwas stimmt nicht mit dir«, Sabine schob sich hinters Steuer.

»Erst dein Antrag, von dem Fall befreit zu werden. Dann deine Milchallergie. Die ist doch neu? Davon hast du nie erzählt. Die hattest du damals noch nicht, als wir in der Mensa in Hahn aßen? Saulheim … Saulheim ist dein Problem. Stimmt's? Das Eiscafé. Oh. Ein Geheimnis? Nur welches? Hast du Altlasten hier? Hey, raus mit der Sprache, Herr Kollege«, stichelte Sabine. »Ich finde es sowieso raus.«

»Nein, Sabine, alles in Ordnung. Ich mag dieses Provinzielle hier nicht«, winzige Schweißperlen bildeten sich auf seiner Oberlippe.

Sabine schaute ihren Kollegen eindringlich von der Seite an. Der begann, an seinen Nägeln zu kauen. Das passte überhaupt nicht zu dem sportlichen Kurden, der darauf Wert legte, sich schicker zu kleiden, als es dem Dienst entsprach und der immer nach Eau de Toilette roch. Turgut hatte vor dem Studium als Animateur in türkischen Robinson-Club-Hotels gearbeitet und ging niemals ungepflegt aus dem Haus. Die Ermittlerin merkte mehr und mehr, dass etwas nicht stimmte.

»Also gut. Ich habe dein Wort, dass wir nicht ins Venezia gehen und du nichts von dem weitererzählst, was ich dir jetzt sage?«

»Mein Wort hast du. Ich kann schweigen wie ein Grab. Vor allem dann, wenn es sich um eine private

Geschichte handelt«, Sabine freute sich schon darauf, ihrer besten Freundin alles zu erzählen.
»Ich hatte eine Affäre mit der Tochter des Besitzers vom Venezia. Mit Lucia Rossi. Das ist es«, jetzt schwitzte der Ermittler im ganzen Gesicht und am Hals.
»Du bist ein Scheißkerl!«, sie rückte auf ihrem Sitz ein Stück von ihm weg.
»Sabine, meine Ehe läuft nicht gut. Trotzdem. Es darf auf keinen Fall rauskommen, verstehst du?«, drängte Turgut. Seine Lockerheit war verschwunden.
»Mensch Turgut, bist du bescheuert?«, die Polizistin parkte statt beim Eiscafé vor Toni's in Nieder-Saulheim.
Es gab Zeiten, da stand sie auf seine langen Wimpern, fühlte sich zu seinem athletischen, braun gebrannten Körper hingezogen und neckte ihn, da seine Ohren unterschiedlich geformt waren.
»Es wird rauskommen und dann haben wir beide ein Scheißproblem.«
Turgut hatte sich in all den Jahren kaum verändert. Er war der ängstliche Typ. Einer, der Anweisungen befolgte, nicht aus der Reihe tanzte und sich zurückhielt, was private Angelegenheiten betraf.

Die beiden Beamten nahmen draußen im Hof der Gaststätte Platz. Sie waren die einzigen Gäste. Bevor

Turgut etwas sagte, kam die Besitzerin des Lokals und fragte, ob sie eine Speisekarte bräuchten.
»Wir nehmen zwei Milchkaffee«, antwortete der Kommissar entschlossen und kaute erneut an seinen Fingernägeln.
»Ok. Und Essen? Sind wohl neu hier?«, stellte die Besitzerin fest und sah den Mann mit ihren schwarzen Pupillen prüfend an. »Oder haben Sie mit dem Bohle-Fall zu tun? Ist schon eine grausige Geschichte, das mit dem Mord. Sie war noch so jung, die Katja, und bald wäre sie Weinkönigin geworden. Jetzt wird es halt die Prinzessin, die aus Ober-Saulheim. Ist eh besser«, sie schlurfte zurück in den Gastraum und blieb dabei immer wieder stehen. Sah hinauf in den Himmel und schloss dabei mehrmals für einen kurzen Moment ihre Augen. Antonia Hard, die alle nur Toni nannten, hatte Fettflecken hinten auf ihrem Rock und ausgetretene Schuhe an.
Sabine zog ihre Lederjacke aus, Turgut behielt sein Jackett an.
Hatte die Wirtin wichtige Infos? Kannte sie die Tote und ihr Umfeld? Der Ermittler ergriff die Initiative.
»Kannten Sie Katja Bohle näher?«, fragte er direkt, als sie mit den beiden Kaffees zurückkam. Selbst von den angestoßenen Tassen war die Farbe längst verblichen.
»Ja und nein, sie züchtete ja Jagdhunde mit ihren Eltern. Seit sie einmal hier beim Spazierengehen einen

ihrer Hunde auf jemanden gehetzt hat, seither kannten wir sie alle. Der Mann musste anschließend im Krankenhaus behandelt werden. Keine schöne Geschichte für eine angehende Weinkönigin, wenn Sie mich fragen. Aber ihr Freund ist aus dem gleichen Holz geschnitzt, nur dreimal so alt wie sie«, äußerte sich die Wirtin abfällig und strich sich eine Haarsträhne aus dem teigigen Gesicht.

»Katja Bohle hatte einen Freund?«

»Ja, und Sie können gleich bezahlen«, die Wirtin wollte die beiden Ermittler jetzt loswerden.

»Ich bezahle«, sagte Sabine und nahm einen lauwarmen Schluck Kaffee. Sie gab sich unbeobachtet und sackte etwas in sich zusammen, so dass man deutlich die Pölsterchen ihres Bauches durch die Bluse sah. Eine Cola wäre ihr lieber gewesen.

»Kannten Sie den Freund von Katja Bohle?«, verlegen richtete sich Sabine auf und zog ihren Bauch hastig ein. Seit sie keinen Sport mehr trieb, hatte sie zugenommen.

Die Wirtin schaute sich im Hof um, steckte ihre ungewaschenen Haare nachlässig hoch und setzte sich ruckartig an den Tisch der beiden Beamten. Turgut fiel auf, dass ihr linkes Augenlid zuckte.

»Na ja, wir sind hier ein kleiner Ort. Jeder kennt jeden. Der Typ, der von dem Bohle-Hund gebissen

wurde. Er war mein Bruder«, Tränen standen in ihren Augen. Dann wirkte sie wieder distanziert.
»Seit wann ist er tot?«
»Das Arschloch lebt. Leider. Zurzeit vermutlich in irgendeinem Krankenhaus hier im Umkreis. Er hatte eine Schlägerei mit einem anderen Mann, wegen dieser Weinköniginnengeschichte mit der Bohle«, stieß die Wirtin weinerlich hervor.
»Mit wem hat er sich geprügelt?«, fragte die Kommissarin und sah abwechselnd Turgut und die Wirtin an.

»Na, mit wem schon? Mit dem Bruder der anderen Weinkönigin hat er sich geprügelt. Mit diesem David. Der war sauer, dass die Bohle seiner Schwester das Amt weggeschnappt hatte. Der hat dann zugeschlagen. Mein Therapeut meinte, ich soll mehr auf mich achten. Und mich nicht um die anderen scheren. Ich wäre wertvoll, hat er gesagt.«
Turgut biss an seinen Nägeln, das war alles so abstrus. Die Aussagen der Frau hatten ihnen kostbare Information geliefert. Aber die Person war irritierend. Turgut nahm beiläufig den Autoschlüssel an sich, den Sabine auf den Tisch gelegt hatte. Angewidert verließen sie das Lokal. Sie rannten beinahe zum Wagen zurück.

»Mir scheint, das wird eine größere Geschichte. Wer weiß, wer hier in Saulheim alles in den Mordfall involviert ist. Was meinst du, Turgut?«, fragte Sabine und fügte gedankenversunken hinzu: »Fast tut mir diese Wirtin leid. Sie wirkt so verbittert.«

»Ich finde, wir sollten zuerst den Freund der Toten ausfindig machen. Ist doch verrückt, dass der Freund derselbe Mann sein soll, auf den die Ermordete seinerzeit einen Hund gehetzt hat. Wie heißt er? Dann dessen Schwester, diese Wirtin von eben. Die hat ein Mordsproblem. Sie strahlt so etwas Ungereimtes, Unglückliches aus.«

Er dirigierte Sabine zur Beifahrerseite.

»Meiner Meinung nach ist sie eine von den Harten. Wie energisch sie die Tassen auf den Tisch gestellt hat, ohne dabei eine Regung im Gesicht zu zeigen. Seltsame Person. Wir werden sie im Auge behalten«, ergänzte die Polizistin.

»Wir? Du! Und die Sportlehrerin der Gesamtschule in Nieder-Olm? Ich glaube, sie ist Lesbe. Ich wette, die hatte ein Auge auf Katja Bohle und deren seidiges Haar geworfen. Hm. Dann schauen wir uns noch die andere Weinkönigin und deren Umfeld an. Danach haben wir den Mörder«, entschlossen steckte Turgut den Schlüssel ins Zündschloss und fuhr los.

»Du und deine Vorurteile, Herr Kollege. Toleranz ist angebracht«, sie verdrehte die Augen, bis ihre Pupillen nicht mehr zu sehen waren.

Turgut verunsicherte diese Grimasse so sehr, dass er vergaß zu sagen, welche Idee er im Augenblick verfolgte.

Ein kurzer Blick in den Rückspiegel. Seine Haare hatten sich zum Glück nicht gewellt. Er hasste seine Locken. Damit sah er so richtig türkisch aus, obwohl er hellgrüne Augen hatte.

»Turgut, wir haben gar nicht mehr darüber gesprochen, warum der Leiche an der linken Hand die letzten zwei Finger fehlen. Sie wurden kurz vor dem Todeszeitpunkt abgehackt, hatte die Gerichtsmedizin in Mainz gesagt. Was könnte der Grund dafür gewesen sein? Kannst du dir erklären, was das soll? Blutrache? Turgut, du kennst dich mit solchen Gepflogenheiten besser aus als ich. Du bist doch hier der Türke und weißt immer über alles Bescheid!«, setzte die Kommissarin eins drauf.

Es war schwer, Turgut aus der Reserve zu locken. Verkrampft schob er das Kinn vor, blieb dennoch sachlich.

»Ich befürchte, wir werden das mit den beiden Fingern erst aufklären, wenn wir den Mörder oder die Mörderin haben. Wobei ich auf einen Mann als Täter tippe. Frauen gehen nicht so brutal vor. Frauen ersticken oder vergiften eher, als dass sie den Kopf mit einem Beil abschlagen. Dafür brauchst du Kraft«, behauptete der Ermittler. »Außerdem weißt du genau, dass ich kein Türke, sondern wenn Kurde, aber eigentlich Mainzer …«, weiter kam er nicht. Sein iPhone klingelte mit dem typischen Marimba-Ton. Er sah die Nummer vom Polizeirevier. Olaf Saaler, sein Chef rief an.

»Herr Yilmaz, wir haben eine Vermisstenanzeige erhalten. Sie könnte in Zusammenhang mit dem Tod von Katja Bohle stehen. Das sollten Sie beide unverzüglich überprüfen. Die Mutter der anderen Weinkönigin meldet ihren Sohn David als vermisst. Seit Tagen ist er spurlos verschwunden. Genauer gesagt, seit dem 23. Mai. Ihr Name ist Bergmeier, Marlene Bergmeier von der Metzgerei Bergmeier in Ober-Saulheim. Fahren Sie sofort zu ihr«, ordnete der Chef an.

Es wirkte wie ein Befehl, unmissverständlich. Ständig rief er seine Leute zurück ins Büro oder telefonierte hinter ihnen her, um weitere Anweisungen zu geben. Persönlich. Das ganze Polizeirevier war davon genervt. Turgut schaltete sein Handy aus.

»Der Saaler kommandiert uns wieder nach Mainz?«, fragte Sabine und hätte fast wieder ihre Augen verdreht.

»Nein, zum Glück nicht. Der Bruder der anderen Weinkönigin wird vermisst. Wir sollen zu seiner Mutter fahren. Sie hat eine Vermisstenanzeige aufgegeben.«

»So, so. Der Prügelknabe ist verschwunden«, stellte Sabine erstaunt fest und steckte ihre hochgerutschte Bluse in die Hose. Sie wog mindestens zehn Kilo zu viel. Trotz ständiger Brigitte-Diäten.

»Am Ende haben Mutter und Sohn gemeinsame Sache gemacht. Gut, bei einer Metzgerin kann ich mir das mit dem Kopfabschlagen mit einem Beil vorstellen. Sie hat täglich mit Fleisch und Blut zu tun. Aber warum die Finger der linken Hand abhacken? Warum sollte sie das tun? Für was stehen die zwei letzten Finger der linken Hand, Turgut?«

»Noch nie von *Yubitsume,* Fingerverkürzung, gehört? Das beschreibt ein Ritual in der japanischen Kultur. Es wird zum Zweck der Wiedergutmachung oder bei Spielschulden eingesetzt. Der Beschuldigte schneidet sich selbst den kleinen Finger oder ein Glied davon ab. Fehlt der kleine Finger bereits, ist der daneben dran. Yubitsume findet in den Kreisen der Yakuza statt«, dozierte der Mainzer Polizist und richtete seinen Oberkörper auf.

Sabine sagte nichts darauf. Es kam öfters vor, dass sie nicht antwortete. Zu sagen hatte sie immer etwas. Damals, als Turgut sie nach den gemeinsamen Besuchen im Fitnessstudio einlud, mit ihm auszugehen, redeten sie beide den ganzen Abend über Wunsch-Urlaubsziele, Lebensträume und Berufsziele. Jetzt schwiegen sie die ganze Fahrt über, bis sie in die Nähe der Metzgerei Bergmeier in Ober-Saulheim kamen.

Vor der Metzgerei stand eine Gruppe Menschen, Polizeiautos und Rettungswagen. Der Leichenwagen bog just um die Ecke. Sabine und Turgut wunderten sich, was hier geschehen war, parkten und strebten geradewegs auf einen Schutzpolizisten zu.

»Hier ist abgesperrt, gehen Sie bitte weiter«, sagte dieser forsch.

Die Kommissarin genoss solche Situationen. Sie rückte ihren Kopf gerade, reckte das Kinn zu dem Uniformierten hoch und zeigte wortlos ihren Dienstausweis.

»Sorry, Frau Kollegin, Sie sehen gar nicht wie eine Polizistin aus.« Sabine hob eine Augenbraue.

»Suizid«, fuhr der Beamte betreten fort. »Hier sind so viele Leute, die die Spuren verwischen können. Aber ich denke, es deutet alles auf einen Selbstmord hin.«

»Wer hat sich umgebracht?«, Sabine sah den Polizisten ungeduldig an.

Turgut Yilmaz biss ein Fitzel der Nagelplatte vom linken Zeigefinger ab.

»Mist, dass wir auch immer zu spät kommen, Sabine. Es ist wie verhext. Eine weitere Leiche können wir

Olaf Saaler nun wirklich nicht als Ergebnis unserer Ermittlungen präsentieren.«

»Hat der Sohn der Metzgereibesitzerin Marlene Bergmeier sich umgebracht?«, erkundigte sich die Kommissarin.

»Ja, ihr Sohn David hat sich erschossen. Mit der Waffe seines Vaters. Wir haben einen Abschiedsbrief gefunden. Klingt reichlich merkwürdig, was der junge Mann da geschrieben hat, wenn ihr mich fragt«, mischte sich der Polizist ein.

»Jetzt haben wir den Täter!«, stellte der Kommissar erleichtert fest.

Wenn du diesen Brief findest, sind Katja und ich vereint. Dann können wir unsere verbotene Liebe leben und der alte Stecher hat keine Macht mehr über meine Königin der Halbmonde.
Love you all, David

»Was?«, stöhnte der Ermittler auf. »Von was für einer verbotenen Liebe spricht dieser David? Und warum ›Königin der Halbmonde‹? Ich verstehe nichts mehr in diesem Saulheim, Sabine. Du etwa?«

»Du weißt nichts über Saulheim? Dann pass jetzt mal auf«, über ihren Heimatort wusste sie Bescheid.

»Mitte des 8. Jahrhunderts wurde Saulheim das erste Mal schriftlich erwähnt. Wegen der verschiedenen

Adelsfamilien wurde zwischen Ober- und Nieder-Saulheim unterschieden. Ende des 10. Jahrhunderts kamen Teile des nördlichen Rheinhessens in den Besitz des Mainzer Erzbischofs. Aber die Nieder-Saulheimer Ritter konnten sich ihre Unabhängigkeit bewahren! Bis die beiden Saulheim nach dem Wiener Kongress 1818 dem Großherzogtum Hessen untergeordnet wurden.«

»Das reicht Frau Lehrerin, danke. Du bist schlimmer als mein ehemaliger Geschichtslehrer. Ich wollte nur wissen, was es mit der Bezeichnung ›Königin der Halbmonde‹ auf sich hat und nicht die komplette Geschichte eures Dorfes erzählt bekommen. Weißt du auch dazu etwas, Frau Lehrerin?«

»Blödmann. Saulheim ist kein Dorf. Du prahlst doch sonst immer mit deinem Wissen«, schnappte sie zurück.

»Einer der Ritter war der Ritter Hundt von Saulheim. Sein Wappen hat drei silberne Halbmonde auf rotem Grund. Sieht nicht bloß türkisch aus, sondern ist es auch«, stichelte sie. »Wahrscheinlich hatten die Ritter an einem Kreuzzug gegen die Türken teilgenommen.« Sie sah in Turguts ratloses Gesicht und ergänzte: »Kombiniere Weinkönigin mit Wappen, ergo: ›Königin der Halbmonde‹. Wie romantisch!«

»Das heißt, David und die ermordete Katja hatten eine Liebesbeziehung?«, Entsetzen breitete sich auf seinem Gesicht aus. »Sabine, ich habe vorhin in einem Gespräch aufgeschnappt, dass die Mutter von David und die Mutter der Bohle Schwestern sind. Wenn das stimmt, dann waren Katja und David Cousin und Cousine. Gesetzlich mag das legal sein. Aber die katholische Kirche untersagt eine solche Verbindung noch immer wegen des Tatbestands des Inzest. Vermutlich durfte niemand von dieser Beziehung wissen?«

»Ja, Turgut. Vielleicht. Vielleicht war David aber auch unglücklich in die Bohle verliebt, hat sie wegen des älteren Mannes umgebracht und ist ihr in den Tod gefolgt. Was meinst du? Andererseits wird die Schwester von David jetzt die neue Weinkönigin. Konkurrenz unter Weinköniginnen als Mordmotiv? Krass, wie krass ist das denn, Turgut!«, brachte die Kommissarin betroffen hervor. Plötzlich stand jemand hinter den beiden.

Es war der Polizist von vorhin.

»Ihr Chef versucht, Herrn Yilmaz anzurufen. Sie sollen sofort zurückrufen. Hier, nehmen Sie mein Diensthandy.«

»Endlich, Yilmaz! Wie immer nicht erreichbar! Das wird sich in Zukunft ändern!« Saaler holte Luft und fuhr beherrscht fort:

»Hier rief eben ein Therapeut an und erzählte von einer seiner Klientinnen. Womöglich ist sie in die

Ermordung von Katja Bohle verwickelt. Angeblich hat sie in ihrer letzten Sitzung mehrmals ›ich bring sie um!‹ gerufen und ›Scheiß-Katja‹. Sie heißt Antonia Hard und lebt in Saulheim. Am Ende habe sie wirr durcheinander gesprochen und sei weinend aus der Sitzung gerannt. Der Therapeut wollte, dass wir darüber informiert sind. Wir müssen besprechen, wie die Ermittlungen weitergehen. Sie beide kommen sofort in mein Büro.«

Die Beamten waren irritiert, dass sie abrupt ins Büro fahren sollten.

»Wenn er meint.« Turgut wollte es sich nicht weiter mit dem Chef verscherzen.

»Der hat doch einen Knall«, regte sich die Kommissarin auf. »Komm, wir statten der seltsamen Wirtin noch einmal einen Besuch ab, Turgut«, schlug sie vor.

»Nein, du kannst dich nicht über Saalers Anordnungen hinwegsetzen. Er ist nun Mal der Chef, es ist sein gutes Recht.«

»Du änderst dich nie.« Ihr Schimpfen verunsicherte Turgut. Trotzdem schlug er den Weg nach Mainz ein.

Als sie auf die Landstraße, die sogenannte Kaiserstraße, kamen, fiel ihnen eine Frau auf, die zwischen den Weinstöcken hindurch lief und nicht durch die Reihen. Sie blieb immer wieder stehen, legte sich manchmal auf die Erde. Erhob sich wieder, rannte weiter und legte sich dann ins Gras. Sie drehte sich auf die Seite und blieb liegen.

»Hey Sabine, schau mal da drüben«, rief Turgut, als er die Frau entdeckte.

»Das ist sie doch, Antonia Harth! Ist dir aufgefallen, dass sie bei unserem Besuch im Toni's so einen wankenden Gang hatte? Das sieht aus, als wäre sie betrunken. Wir halten und schauen nach, was los ist.«

Er sprang aus dem Auto und wollte zu der Frau spurten. Sie lag noch immer auf dem Boden.

»Wir erledigen das von Frau zu Frau, lass mich das mal machen, Herr Kollege«, hielt Sabine ihn zurück.

Sie rannte zu der am Boden Liegenden, blieb neben ihr stehen und beugte sich zu ihr hinunter, während Turgut langsam näher kam.

»Katja, Katja, Scheiß-Katja«, begann die Wirtin bei ihrem Anblick zu schreien und schlug unkontrolliert mit den Armen um sich. Am Bein getroffen, erhob sich Sabine erschrocken und schaute ihren Kollegen hilflos an. Dieser gab ihr per Handzeichen zu verstehen, dass er sich jetzt um die Frau kümmern wollte. Die sah angestrengt und müde aus, roch nach Schnaps.

»Ach, jetzt haben Sie mich doch gefunden. Ist ja blöd«, brachte sie lallend hervor. Dann grinste sie den Ermittler künstlich an. Sabine blieb hinter Turgut stehen, der sich neben die Wirtin hockte.

»Sind Sie jetzt mein Therapeut? Ja, Sie sind es. Ich vertraue Ihnen. Ich mochte schon als Kind nicht gerne alleine sein. Immer ging er Fußballspielen. Dann kam da diese Leere. Wenn er weg war. Und ich, in diesem dichten, einsamen Nebel. Keiner, der mit mir redete. Ich war so froh, wenn er wieder zurück war. Mich beschützte. Mir war klar, dass wir keine Norm-Familie waren. Unsere Eltern hatten damals eine von diesen modernen Villen mit 'nem Swimmingpool im Garten. Und ein teures Auto in der Garage. Einen Maserati, und meine Mutter fuhr den Porsche. Reitunterricht, Golflehrer, Segelurlaube, Putzfrau, Köchin, Kindermädchen oder Au Pair. Mein Vater schlief mit jeder. Dann – quasi über Nacht – wurden wir arm. Mein Alter hatte alles in der Spielbank verzockt. Alles futsch.«

Sie hob die Schultern:

»Und? Jeder hat doch irgendein Problem. Ich hatte viele: meine Eltern, mein Aussehen, mein Hinken, weil ich mit fünf beim Kirschenpflücken vom Garagendach gefallen war. Ich hasste das alles. Aber meinen Bruder liebte ich. Irgendwann so richtig. Mein Bruder sah toll aus. Schwarze, dichte Haare. Wie der Wind sie verwirbelte. Und das Strahlen in seinen Augen. Er war stark. Beschützte mich. Vor allem und jedem. Füllte mein Leben mit Leben. Selbst aus der Ferne. Ich habe seine Briefe aufgehoben. Alle. Er schrieb so unbeschwert. Da konnte ich immer lachen. Bis mir die Tränen liefen und der Rotz aus der Nase kam.« Wie zum Beweis zog sie die Nase hoch. Ihr Blick glitt von Turgut ab. Sie sah in die Weinstöcke über ihr. »Aber Wolfgang entfernte sich von mir. Erst allmählich, dann immer mehr. Mein Bruder war auf einmal nicht mehr für mich da. Doch jetzt. Jetzt wird alles gut. Jetzt, wo sie weg ist! Es ist alles gut. Ich kann es hören. Ich fühle es. Sie ist weg. Endlich – ein Happy End. Mein Happy End. Unser Happy End. Er ist immer noch schön. Seine Haare dicht. Das Strahlen in seinen Augen. Kann Liebe 50 Jahre dauern? Liebe kann. Liebe kann alles. Liebe verzeiht. Alles. Liebe ist Liebe. Wahnsinn.« Jetzt schaute sie wieder Turgut an. Danach Sabine und erklärte:

»Ich bin einfach ausgerastet. Hab, als ich die Blumen bei denen gießen wollte, die Tür von innen verrammelt. Dann, diese Klingel. Sie hat nicht aufgehört zu klingeln.
Ring, ring. Ring, ring.
›Hau ab‹, hab ich gerufen.
Ring, ring. Ring, ring.
›Er ist nicht da. Er liebt mich, nicht dich.‹
Aber sie hörte nicht auf zu klingen.
Ring, ring. Ring, ring.
›Ich wohne hier. Mach sofort auf!‹, rief sie.

Ring, ring. Ring, ring.
Da zog ich den Tisch und die Stühle von der Tür weg und riss die Haustür auf. Ich reiße nie Türen auf. Aber dieses Klingeln.
›Natürlich. Du bist's‹, sagte sie sauer. ›Du sollst hier keine Blumen mehr gießen!‹ Sie zwängte sich an mir vorbei ins Haus.
Ich schlug die Tür hinter ihr zu.
Rums. Peng.
Da stand sie. Vor mir. Sie sah mich fremd vertraut an.
Ich merkte: Sie hatte Angst.
›Ich will mein Handy holen‹, fauchte sie. ›Wo ist es? Es lag hier in der Garderobe.‹
Ich konnte ihren Atem sehen. Ich hörte die Luft hinein- und hinausströmen.
Sah in der Kuhle über ihrem Schlüsselbein ihr Blut pulsieren. Ich drängte sie in die Küche. Schloss hinter uns ab.
Ihre Nase begann zu glänzen. Schweißperlchen. In den Falten auf ihrer Stirn lief ihr Schweiß zusammen.
›Wir können zusammen Tee trinken‹, lud ich sie ein. ›Wir haben noch nie zusammen Tee getrunken. Du und ich. Wir beide.‹
Ich sah sie mir genau an. Sie spielte an dem Träger ihres T-Shirts. Wollte nicht angesehen werden. War plötzlich weiß im Gesicht. Weiß wie ihr Shirt. Für einen Augenblick fand ich sie fast nett.

Ich hatte genauso Angst. Mir wurde übel. Immer mehr. Von tief unten. Meine Knie zitterten, dann meine Arme. Am Ende zitterte mein ganzer Körper. Ja, auch mein Kiefer. Die Jahre der Entbehrung rüttelten an mir.

Ich wollte nicht, dass sie mein Zittern sieht.

›Starr mich nicht so an!‹, befahl ich ihr. ›Wegschauen!‹.

Sie hörte nicht auf damit. Grinste.«

»Sie haben die junge Frau eingeschlossen?«, vergewisserte sich der Kommissar.

Antonia Harth reagierte nicht.

»›Du bist komisch‹, sagte die Bohle zu mir.

›Du und deine Familie. Ihr seid alle komisch. Alle, außer ihm!‹

Dabei fing sie an zu kichern. Und stieß ihre Luftströme immer heftiger hinaus. Bis sie lachte.

Haha, haha, haha.

›Du glaubst doch nicht im Ernst, dass dein Bruder sich heute noch zu dir ins Bett legen würde. Oder mit dir Sex haben wollte. Schau dich an, wie du aussiehst. Grau und leblos!‹«

»Sie hatten Geschlechtsverkehr mit Ihrem Bruder?«, diesmal hakte die Kommissarin nach.

Antonia Harth reagierte abermals nicht.

»Meine Hände hatte ich unter dem Pullover vergraben. Spannte sie an.

Zuschlagen wollte ich.
Zack, Zack.
Und presste dabei die Fäuste auf meinen Bauch. Es tat weh. Innen wie außen. Aber ich genoss den Schmerz. Er nahm Formen an. Endlich.
Mein Zittern stoppte. Es war weg. Ohne sich verabschiedet zu haben.
Paff. Ah.
Es wich einer Kraft. Meiner Kraft. Viele Jahre hatte sie in mir geschlummert. Wie ein Geist. Endlich durfte sie sich aufrichten, sich ausbreiten und groß werden. Dieser Augenblick, er war perfekt. Ich, die den Moment meines Lebens spürte. Und sie, die anfing zu singen.
›Kennst du das Lied *I heard love is blind* von Amy Winehouse. Als wir das letzte Mal miteinander schliefen, du glaubst gar nicht, wie dein Bruder da abging. Und danach machte ich ihm einen Heiratsantrag.‹
Ich schaute. Drehte den Kopf. Hin und her. Es knackste hinten in den Wirbeln. Es tat nicht mal weh. Ich lächelte.
Ich weiß noch, wie ich früher mit meinem Bruder im Bett lag. Er hat mir Schlaflieder vorgesungen. Ich trug ein gelbes Nachthemd mit rosafarbenen Blüten darauf gedruckt. War das schön. Manchmal blieb er die ganze Nacht.«

Die Frau hatte sich beim Erzählen halb aufgerichtet, gestikulierte mit ihren Händen, an denen Gras klebte. Um Verständnis heischend, sah sie die beiden Ermittler an. Es begann zu dämmern, eine Nachtigall im Gebüsch fing zu trällern an.

»Warum haben Sie Katja Bohle im Haus festgehalten? Warum haben Sie sie nicht gehen lassen?«

»Ich wollte ihr nur den Ringfinger der linken Hand abhacken, als Warnung. Damit sie meinen Bruder nicht heiratet. Heiraten! Wie kam die Bohle nur auf diese blöde Idee. Frauen fragen nicht, ob der Mann sie heiraten will. Sie warten, bis sie gefragt werden. Da hätte sie 100 Jahre warten können! Mein Bruder hätte sie nie gefragt. Aber die Bohle, die machte vor nichts Halt. Diese Schlampe. Ich packte sie am Handgelenk. Sie fing an zu schreien.

›Fass mich nicht an!‹

›Halt's Maul!‹, habe ich gerufen.

Da fing sie zu weinen an. Sie schrie nach meinem Bruder.

Die Gardinen wehten. Draußen riefen Kinder. Ich denke gern an sein Lachen, wenn ich glücklich bin. Und dann war da auf einmal überall Blut.«

Als Sabine Klein das Geständnis der Wirtin hörte, entschied sie sich für ihr Tattoo. Es sollte ein Motiv mit einer Nachtigall sein.

ZWEI KOMMISSARE UND EIN SOMMER

GEISTERJÄGER

LIED: *You've made me so very happy*
Blood, Sweat & Tears
SINNBILD: *Mauersegler*

Vereinzelt waren im August Vögel im Gleitflug zu sehen. Einer segelte weit oben im klaren Blau. Die anderen fünf flogen Kreise, denen sie unmerklich folgten. Mauersegler. Ihre spitzen »srih«-Rufe drangen durch den Regen. Tropfen, die ununterbrochen auf die Blätter rieselten und alles Umliegende in einen milchigen Film packten. Vermutlich hatten diese sechs Vögel einen Zeitpunkt verpasst. Den Zeitpunkt, der günstig ist, um sich auf die Reise in den Süden zu begeben. Es ist grundlegend zu wissen, wann man seinen Standort wechseln sollte.

Frankfurt August 1986.

Mittags nach der Schule traf er, Theo Mayer, das Mädchen an der Bushaltestelle. Constanze. 13. Klasse. Beim ersten Mal trug sie ein cremefarbenes Kleid mit übergroßen roten Blumen, Jeansjacke und blaue Ballerinas. Aufregend sah sie aus. Grüne, mandelförmige Augen, lange Beine, kurze schwarze Schneewittchenhaare und bleiche Haut. Er in seinem Parka, weißem T-Shirt mit Fruit-of-the-Loom-Logo, Wrangler-Jeans und Adidas-Turnschuhen. Rote Haare, Locken und spärliche Bartstoppeln ums Kinn. Einmal hatte sie das Geld für den Bus vergessen. Er lieh ihr ein paar Münzen, sie küsste ihn dafür flüchtig. Und hatte ein dickes T auf ihre Jeansjacke gemalt. Mit Kuli. T wie Theo. Einige Tage später lud er sie ins Eiscafé ein, sie willigte ein. Auf dem Weg dorthin warf er den Kopf zurück, blies den Rauch durch die Nase und schnickte seine Zigarette weg. Sie blieben stehen und Constanze legte ihren Kopf an seine Schulter. Dann stiegen beide die gefliesten Stufen hinauf in den Eissalon und setzten sich weit hinten im Raum auf eine Bank, die mit braunem Kunstleder überzogen war. Er glaubte nicht an Zufall. Es war alles vorbestimmt im Leben. Diese Begegnung mit ihr. Schicksalhaft ausgewählt. Entschieden. Dann. Dieser Kuss. Ein Kuss, bei dem sie ihre Brüste an seinen Körper drückte. Er spürte die fleischigen Rundungen, den Widerstand, den sie boten. Diese Berührung erregte ihn. Ein Kribbeln durchzog seinen Bauch. Frankfurt begann zu glänzen. Er und Constanze – sie hatten ein gemeinsames Lieblingslied *You've made me so very happy.* Er wollte mit ihr schlafen und dabei diesen Song hören. Jetzt hätte er am liebsten in einem Fluss mit ihr gebadet, ihr die Haare gewaschen und ihren ganzen Körper berührt. Er stellte sich vor, sie wären in Italien. Dort kannte er eine Stelle mit heißen Schwefelquellen, zum Abkühlen nach dem Bad steigt man in den vorbeifließenden Fluss.

Die Erinnerung an damals, an Constanze. Er hatte nie mit jemandem darüber gesprochen. War feige abgehauen. Verschwieg immer, dass er aus dieser Metropole stammte. Aus jenem Haus im Frankfurter Westend. Rechts der Verlag vom Vater, links die Erotikbar inklusive Edelbordell. Constanze arbeitete während der Abizeit als Lockvogel in der Bar. In hautengen Outfits animierte sie am Eingang, damit die Männer die Bar betraten. Sie wollte mehr verdienen und wechselte in den Bordellbereich. Er und Constanze. Um sie herum eine wirbelnde, hektische Stadt. Voll von Menschen, die irgendwohin strebten. Nachts wartete er auf sie vor dem Bordell. Jemand hatte ihn beobachtet, auf dem Nachhauseweg abgepasst und verprügelt. Er sagte nichts, hatte sich nicht gewehrt. Seit

damals trug es diese wulstige Narbe rechts auf der Stirn. Er war gegen einen Mülleimer gestürzt.
Danach verlor sich ihre Spur. Theo begann, sie in den umliegenden Etablissements zu suchen. Sie, seine Constanze aus der 13c. Als seine Eltern das mit den Bordell-Besuchen rausbekamen, brachen sie den Kontakt zu ihm ab. Sein Vater, immer im strengschwarzen Rollkragenpullover, hatte einen Detektiv auf ihn angesetzt und vermutlich den Schlägertrupp engagiert.

Saulheim August 2017.
»Mist, ich muss los, zur Arbeit!«, fluchte Eva. »Ich glaube, heute habe ich Frühschicht. Und die beginnt um 6 Uhr. Das ist scheißefrüh. Oh nein. Fix Zähne putzen, Lidstrich ziehen. Schon 18 vor! Ich muss los«, mit einem letzten Blick in den Spiegel warf sie Portmonee und Firmenkarte in ihren Shopper und stecke ihr Handy in die Hosentasche. Dann verließ sie die Wohnung. Als sie die Tür hinter sich geschlossen hatte, überlegte sie murmelnd: »Habe ich die Herdplatte ausgeschaltet? Es ist jeden Tag das Gleiche. Ich bin mir nicht sicher. Bei nichts.«
Sie öffnete erneut die Wohnungstür, ging in die Küche, vergewisserte sich, dass der Herd abgeschaltet war, schloss wieder ab und stieg ins Auto. Sie fuhr los, trat das Gaspedal durch und bremste unvermittelt in einer Zone, in der Tempo 30 vorgeschrieben war. Si-

cher hatte sie mehr als 50 Stundenkilometer drauf. In der Aufregung spürte sie, dass sie die neue Jeans beim Kauf doch besser vorher hätte anprobieren sollen. Der Bund war zu eng und der kantige Metallknopf drückte sich in den Bauch. Eva fingerte mit der linken Hand an dem Knopf herum, um ihn zu öffnen, mit der rechten lenkte sie. Fast hätte sie sich bei der Aktion einen ihrer aufgeklebten Nägel abgerissen.

Unterwegs fiel Eva ein, dass sie den Einkaufszettel im Bad hatte liegen lassen. Zurückfahren war jetzt unmöglich. Die Mainzer Straße in Saulheim rauf, über den Kreisel, dann bog sie die 2. Ausfahrt ab. Kurz vor dem Supermarkt fuhr sie links und stellte ihren hellblauen Fiat 500 auf einen Parkplatz für Mitarbeiter.

Sie stieg aus dem Wagen. Es regnete. Was sonst. Sie zog den Reißverschluss ihrer Regenjacke über den V-Ausschnitt ihres roten Baumwoll-Shirts und hielt den Kragen der Jacke enger an den Hals. Dabei lief sie in Richtung Gebäude und kramte in ihrer Umhängetasche nach der Karte für den elektronischen Türöffner. Mauersegler jagten am Dach vorbei.

Wie jeden Tag zielte Eva den Personaleingang an. Sie rannte unter den Doppel-T-Trägern hindurch. Wie die Konstruktion einer Raumstation hingen die nassen Stahlträger über ihr. Abrupt blieb sie stehen: »Die

Tür ist offen?«, sie lugte zum Türspalt. »Das ist um diese Uhrzeit unmöglich«, wie immer, wenn sie ratlos war, sprach sie mit sich selbst.

Vom Dach des Gebäudes tropfte Regenwasser. Trotzig, als wollte es Eva treffen. Sie ärgerte sich, weil ihre weißen Sneaker anfingen, innen nass zu werden.

»Hallo? Ist hier jemand?«, rief Eva mit dünner Stimme. Da kamen wieder diese Zweifel. Hatte sie heute Frühschicht?

Wie ein zu oft gewaschenes Tuch legte sich Stille um Evas Gedanken. Der Regen verursachte gedämpfte Geräusche, die aufdringlicher wurden, um dann allmählich zu verstummen. Niemand antwortete. Sie hatte es nicht anders erwartet. Endlich, die Plastikkarte in ihrer Hand. Sie hatte das Ding vergeblich in ihren Hosentaschen gesucht, um anschließend in ihrem Shopper zu wühlen. Eva hielt die Plastikkarte vor den Türöffner, doch die Stahltür bewegte sich nicht. Na gut, dann würde sie sie eben von Hand aufmachen und ihren Code zur Zeiterfassung direkt am Personalbüro eingeben.

Eva zog mühsam die Türe auf und schlüpfte durch den engen Spalt. Es war einer der Momente im Leben, in denen man weiß, dass gleich etwas Katastrophales geschieht. Unerwartet, unausweichlich, fatal. Mit einem Blick gerät man aus dem Konzept. Eine Bewegung, ein Geräusch, ein Geruch reichen aus,

um die Sicherheit vollständig zu verlieren. Kein Zurück – oder alles auf *return*.
Eva drehte den Kopf langsam nach links und sah in den Flur. Dabei versuchte sie, sich so wenig wie möglich zu bewegen. Dreist löste sich ein blondes Haarbüschel aus ihrem Pferdeschwanz. Keinen Ton verursachen, geräuschlos atmen. Sie hatte keinerlei Schrammen an der Metalltür bemerkt, die einen Einbruch vermuten ließen. Aber irgendetwas gehörte hier nicht her. Sie spähte ins Neonlicht und senkte den Kopf.
Ein Schrei bahnte sich als Luftsäule zwischen ihren Rippenbögen seinen Weg nach oben. Eva hatte an ihren Beinen hinab geschaut. Auf den Boden. Entdeckte das Etwas, das hier nicht hingehörte. Jetzt war es ein Teil von diesem Augenblick. Sie sah den leblosen Körper. Starrte ihn an. Sah, dass sie mit ihren neuen weißen Sneakern auf einer Hand stand. Einer toten Hand. Ausgerechnet heute. Sie hatte einen neuen BH angezogen. Einen, der knapp geschnitten war, mit durchscheinender Spitze und passendem String in Schwarz. Nach Feierabend würde sie sich in der Bäckerei gegenüber bei REWE einen Granatsplitter holen und sich dann mit Björn treffen, ihrem neuen Freund. Sie wünschte sich einen Abend mit Happy End. Der Schrei kam einfach nicht heraus. Nicht bewegen. Nicht da sein. Wie ferngesteuert griff sie nach ihrem Handy in der Hosentasche. Polizei anrufen. Al-

les vor dem ersten Kaffee. Zuviel für die kurze Zeit. Als sich jemand auf der anderen Seite meldete, schrie Eva mit langem, spitzen i:
»Hilfe, eine Leiche! Hier, im Personaleingang. Kommen Sie sofort!« Dann legte sie auf. Ihr Herz klopfte. Sie hatte Angst. Fünf Sekunden später klingelte ihr Handy.
»Hallo, hier spricht Theo Mayer. Sie haben eben angerufen und irgendetwas von einer Leiche ins Telefon gerufen. Wer sind Sie und wo soll die Leiche sein?«
»Ich bin hier in Saulheim, oben beim ALDI. Ich steh im Flur vom Personaleingang. Da liegt einer. Ich glaube, ein Mann. Ich bin Eva«, haspelte Eva.
»Meinen Sie den neuen ALDI, oben im Gewerbegebiet? Ja, wir schicken gleich jemanden zu Ihnen. Bitte bleiben Sie, wo Sie sind und fassen Sie nichts an«, wies der Beamte sie an. Nicht einmal an seiner Mimik würde man seine Gedanken ablesen können. »Sonst verwischen Sie Spuren.«
Als der Funkstreifenwagen eintraf, stand Eva starr neben der Leiche, ihr noch immer ausgestreckter Fuß war eingeschlafen und kribbelte. Theo Mayer, der ältere der beiden Polizisten in schwarzer Lederjacke, marschierte direkt auf sie zu.
»Sie müssen die Frau sein, die vorhin wegen der Leiche am Arbeitsplatz anrief, Eva …?«, fragte er zur Identitätsfeststellung.

»Eva Glück, Glück wie Glück. Ich wollte anfangen zu arbeiten. Obst und Gemüse sortieren, Regale auffüllen. Was man hier halt so macht. Hab Frühschicht. Aber dann fand ich den hier. Nie habe ich Glück«, jammerte Eva und nahm endlich ihren Fuß von der Hand. Der Krankenwagen mit dem Notarzt traf ein.
»Bitte warten Sie draußen Frau Glück. Wir versuchen, den Mann wiederzubeleben.« Der Arzt schüttelte nur den Kopf und stellte einen vorläufigen Leichenschauschein aus.
»Frau Glück, die Kollegen von der Todesermittlung werden bald eintreffen. Ebenso die Spurensicherung, es werden Fingerabdrücke genommen, Beweisstücke gesucht usw. Das Übliche eben, wie bei jedem Mord, Tatortsicherung, Dienststelle benachrichtigen, Gesamtsituation erfassen«, zählte der grauhaarige Polizist die nächsten Schritte auf.
»Mord?«, Eva streckte den Kopf nach vorne. »Woher wissen Sie, dass er ermordet worden ist?«, sie starrte dem Schutzpolizisten in seine grünen Augen.
»Könnte ja Selbstmord oder ein Unfall gewesen sein. Es ist doch erst einmal nur ein Todesfall? Oder?«, schnappte Eva.
»Wir machen nur unsere Arbeit, Frau Glück. Der Kollege drüben nimmt Ihre Personalien auf und führt eine informatorische Befragung durch. Weitere Informationen erhalten Sie ebenfalls von ihm.«

Eva schaute suchend umher. Sie wollte die Unglücks-Sneaker loswerden, zog sie aus und warf sie in einen Mülleimer, der vor dem Gebäude stand. Sie überlegte, ob das in Ordnung war oder ob man sie dadurch mit dem toten Mann in Verbindung brachte? Mist, Kommissare suchten in den Filmen immer in den Abfallkörben nach ermittlungsrelevanten Gegenständen. Hatte sie ungewollt mit dem Toten zu tun? Sie stapfte zurück ins Gebäude. Barfuß. Am Ende des Flurs entdeckte sie jemanden.

»Tschuldigung, ich bin hier«, rief sie den Gang hinunter.

Doch da war die Person schon verschwunden. Kurz darauf drückten sich die beiden Polizeibeamten unbemerkt hinter Evas Rücken an ihr vorbei durch den Personalbereich und gingen zurück zu der Leiche, um diese zu untersuchen. Der Filialleiter des Geschäfts war verständigt worden und auf dem Weg. Eva stand verloren in dem leeren Flur. Fragte sie denn niemand, was sie heute Morgen erlebt hatte? Wie sie zur Arbeit gekommen war und die Leiche entdeckt hatte?

Eine Vorabuntersuchung ergab, dass der Tote Geld und Papiere bei sich trug. Somit konnte rasch seine Identität festgestellt werden. Es handelte sich um Uwe Müller aus Bundenbach im Hunsrück. Seinem beigefarbenen Overall nach zu urteilen, Handwerker.

Bei der Leichenuntersuchung von Kopf, Hals und Rumpf stellen die Polizisten fest, dass der Mann keine sichtbaren Verletzungen wie z.B. eine Schusswunde, Stichverletzung oder Würgemale hatte. Aber, dass der Schädel eine abnormale Beweglichkeit zuließ. Sie vermuteten eine Art Genickbruch. Doch war das die Todesursache? Der Kollege gab der Dienststelle in Mainz Meldung, dass sie ein Verbrechen nicht ausschlossen. Theo Mayer wollte damit warten. In seinem letzten Fall hätte er gerne selbst ermittelt.

Die beiden Schutzpolizisten befragten endlich Eva Glück, als ein Handy klingelte. Mayer nahm verstimmt ab.

»Sind Sie noch am Leichenfundort von Uwe Müller?«, fragte ein Beamter der Dienststelle in Mainz.

»Ja. Wieso, gibt es Neuigkeiten, Herr Kollege?«, stöhnte Mayer ins Telefon. Tote nervten ihn immer. Aber im Laufe von 40 Dienstjahren hatte er sich mit seinem Job arrangiert.

»Der Staatsanwalt hat ein Ermittlungsverfahren angeordnet. Im Moment deutet alles auf ein Verbrechen hin. Turgut Yilmaz ist mit den Ermittlungen beauftragt. Er bekommt zwar noch einen Kollegen zur Seite gestellt, doch Yilmaz ist bereits unterwegs zu euch.«

»Der schon wieder. Ermittelt der jetzt immer in Saulheim? Oder habe ich etwas verpasst?«, ätzte Mayer über seinen Kollegen von der Mordkommission.

»Du hältst dich wohl für was Besseres«, beschwerte sich der andere Beamte. »Das ist eh dein letzter Fall, bevor du in Reha gehst – und dann hoffentlich in Ruhestand.«

Theo war sich bewusst, dass er seit Jahren zu viel arbeitete. Was sollte er antworten? Unbeobachtet verzog er das Gesicht. So, als hätte er verboten agiert. Sichern, erforschen, Gefahr abwehren, dokumentieren, erkennen, einfühlen, entlasten, aufklären, zurückstecken, geheim halten. Er kannte das. Lagebewältigung. Das war seine Arbeit. Jeden Tag. Immer wieder. Sich mit Unaufgeklärtem umgeben. So wie damals mit dem Mädchen Constanze. 1986, verbotene Beziehung und plötzlich vorbei. Weil einer ihrer Freier blieb, sie heiratete, als sie von ihm schwanger war.

»Schon gut, nicht so gemeint«, nuschelte Theo Mayer ins Telefon. Er hatte tiefe Augenringe und ein breites Gesicht.

Endlich erschien der Marktleiter. Er stellte den Motor seines SUV ab. Stieg aus, strich seinen dunklen Slim-Fit-Anzug an den Beinen glatt und sagte:

»Der Markt hier in Saulheim hat erst vor vier Monaten eröffnet. Gegenüber liegt der REWE. Ein Mitbewerber. Entfernen Sie diese Leiche augenblicklich. Sichern Sie von mir aus Ihre Spuren. Das ist ja Ihre Aufgabe. Und wenn Ihre Kriminaltechniker fertig sind, kümmern wir uns um das Säubern des Tatorts.

Aber parken Sie um Himmels willen Ihr Polizeiauto woanders, weit weg vom Markt! Was glauben Sie, für welche Schlagzeilen Sie hier sorgen. Irgendein Pressetyp wird sich gegenüber seinen Kaffee holen und haarklein berichten. Dann kauft hier niemand mehr ein. Also. Hier ist eine Kleinigkeit für Sie. Schönen Tag noch.«

Theo und sein Kollege kannten solche Momente, doch bevor sie etwas erwidern konnten, kam eine Dame um die 60 mit einem Jaguar vorgefahren. Energisch rief sie aus dem offenen Fenster:

»Machen Sie mal Platz. Ich bin schließlich einer der Hauptlieferanten für Wein und Traubensaft für dieses Geschäft.« Dabei deutete die Winzerin mit ihrer Hand, die in einem cremefarbenen Lederhandschuh steckte, in Richtung des Firmenschilds. Sie gestikulierte wie eine Monarchin. Ihr war jedes Mittel recht, ihre Wünsche durchzusetzen.

»Was macht die denn hier?«, Eva Glück sprach Theo an. »Constanze Enfer kommt nie freitags.« Demonstrativ wandte sich der Polizist dem Marktleiter zu.

»Wir werden Ihren Markt für ein paar Tage schließen, wenn Sie hier den Trump machen. Wir tun unsere Arbeit. Nicht mehr und nicht weniger. Wenn Sie uns dabei behindern, beleidigen oder bestechen, hat das Konsequenzen für Sie«, sagte Theo barsch. Und wunderte sich selbst über seine Worte.

»Es gibt hohe Stellungen, die man am leichtesten in gebückter Haltung erreicht«, versuchte der Filialleiter, mit einem Zitat von Robert Lembke die Situation zu entspannen. Es gelang ihm nicht. Theo Mayer drehte sich zu der Dame in dem Jaguar um.

»Und nun zu Ihnen, gnädige Frau. Wir haben hier einen Mordfall aufzuklären. Der Markt ist vorerst geschlossen. Bitte fahren Sie einen anderen Supermarkt an.« Dabei zwinkerte er unablässig und wies mit dem Kinn zur Ausfahrt.

Der Kommissar Turgut Yilmaz aus Mainz rief auf dem Weg zum Tatort seine Kollegin Sabine Klein in Worms an.

»Sabine, es gibt schon wieder eine Leiche in Saulheim. Ich mache Saaler einen Vorschlag, den er nicht abschlagen kann. Ich arbeite nur mit dir in diesem verflixten Saulheim«, flehte Turgut. »Vorab schicke ich dir die Daten aus dem System zu dem Vorfall.«

Vor Ort setzte Theo Mayer den Kommissar über die aktuelle Faktenlage in Kenntnis:

»Lassen Sie uns den Fall gemeinsam lösen. Ich werde meine Beziehungen für Sie spielen lassen.«

Der Kommissar verstand nicht, wieso der Schutzpolizist auf diese absurde Idee kam.

Als Sabine Klein am nächsten Morgen das Kommissariat in Mainz betrat, trug sie enge dunkelblaue Jeans, eine ihre Pölsterchen betonende Bluse unter einer no-name-Regenjacke und ihre abgetragenen Red Wings. Turgut starrte auf ihren Hintern, als sie an ihm vorbeistiefelte.

»Du erinnerst dich an den letzten Fall in Saulheim. Diese Weinkönniginnengeschichte im Mai. Jetzt ermitteln wir schon wieder dort«, beschwerte er sich.

»Ich mag Saulheim«, Sabine zog den unter ihrer blauen Bluse heruntergerutschten BH-Träger zurück auf die Schulter. Turgut sah ihr dabei genau zu. »Hast du alles mit Saaler klar gemacht?«

»Erzähl ich dir später. Komm jetzt, wir müssen los«, drängte er seine Kollegin und schob sie rasch aus dem Büro.

Die beiden verließen das Polizeipräsidium und fuhren, ohne dass Turgut Yilmaz die weitere Vorgehensweise mit seinem Chef Olaf Saaler abgestimmt hatte, aus Mainz heraus. Es kam in letzter Zeit immer wieder mal vor, dass Polizeichef Saaler unausgeschlafen und erst am späten Vormittag in der Dienststelle erschien.

Der Kommissar lenkte den Wagen auf die A60 in Richtung Bingen und fasste den vorläufigen Bericht

des Instituts für Rechtsmedizin der Universitätsmedizin Mainz für seine Kollegin zusammen:
»Im Blut des Toten fand man eine Mischung aus Schlaf- und Beruhigungsmitteln. Zudem wurde ein Genickbruch festgestellt, bei dem das Rückenmark durchtrennt worden war. Normalerweise führt dies zum sofortigen Tod, vergleichbar mit einer Enthauptung. Aber begeht jemand Selbstmord mit einem Medikamentencocktail und stürzt sich anschließend in die Tiefe? Und wie kommt Uwe Müller dann in den Personaleingang des Discounters? Was meinst du, Sabine, ist da Eifersucht mit im Spiel?«
»Eifersucht. Du wieder. Sag mir erst einmal, wohin wir fahren. Nach Saulheim geht es hier nämlich nicht.«
»Wir fahren nach Bundenbach im Hunsrück, zum Haus von dem Toten. Dort ist eine Frau gemeldet, wohl die Verlobte.«
»Von mir aus. Ich hoffe, Du hast da nicht auch noch eine Affäre«, stichelte Sabine in Erinnerung an ihre letzte Zusammenarbeit. Sie klickte durch die elektronischen Unterlagen. »Turgut, hier steht, dass Uwe Müller als Geisterjäger tätig war. Was, bitteschön, arbeitet ein Geisterjäger? Da hast du doch sicher was parat? Aber zitier bloß nicht wieder einen Eintrag aus Wikipedia«, fügte die Ermittlerin hinzu.

»Kein Problem, meine Infos kommen diesmal aus erster Hand«, antworte er und sah Sabine herausfordernd an:

»Ein Kumpel aus dem Fitnessstudio hatte selbst einmal einen Geisterjäger engagiert. Er glaubte, und lach jetzt bitte nicht, dass, wenn er nachts in die Küche ging, manchmal eine Gestalt neben dem Kühlschrank stünde. Klingt spaßig, war es aber nicht. Er war fest davon überzeugt, dass diese Gestalt sichtbar am Kühlschrank lehnte und ihn beobachtete. Der spinnt, dachte ich. Als er mich bat, bei ihm zu übernachten, bin ich nachts mit ihm aufgestanden, um mir diesen, nennen wir es Geist, anzusehen. Und wirklich: Da stand sie, eine Frauengestalt, gedrungen, nur 1,60 groß, mit braunen, schulterlangen Locken. Wir griffen nach ihr – ins Leere. Aber ich spürte deutlich einen eiskalten Luftzug, als sie an mir vorbeizog«, Turguts Stimme vibrierte.
»Danach«, berichtete er weiter, »beauftragte mein Freund einen Geisterjäger. Dieser stellte seine Messgeräte für übersinnliche Erscheinungen in der Küche auf und konnte eindeutige Ausschläge verzeichnen. Er verständigte sich mit der Frau und bat sie, dieses Haus nicht mehr aufzusuchen. Geisterjäger bezeichnen sich übrigens offiziell als ›paranormale Ermittler‹«.

»Und, ist dein Kumpel den Spuk losgeworden?«, fragte Sabine ungläubig, die von ihrem früheren Kommilitonen wusste, dass er nichts von Esoterik hielt.
»Der Geisterjäger verständigte sich mit der Schattengestalt mittels Electronic-Voice-Phenomena-Stimmen. Es stellte sich heraus, dass die Seele der Frau durch schwarze Magie an das Haus gebunden war. Der Geisterjäger befreite sie. Die Frau verließ das Haus und tauchte nie wieder auf.«
»Wow. Echt *spacig*. Ich entdecke eine völlig neue Seite an dir. Du bist doch sonst immer so rational. Kennt dein Chef diese Geschichte?«
»Du bist blöd«, rutschte es dem Enddreißiger heraus. Und so schnell wie er es gesagt hatte, tat es ihm leid.
»Sorry, Sabine«, fügte er an.
In Höhe vom Flughafen Hahn bog Turgut Yilmaz von der B50 Richtung Süden ab.
»Wann willst du dir endlich dein Tattoo stechen lassen, Sabine?«, brachte er das Gespräch auf ein anderes Thema. »Wie wäre es mit einer Eule? Eulen sind überall auf der Welt anzutreffen, außer in der Antarktis. Sie symbolisieren in der westlichen Welt Weisheit, in Indien dagegen …«
»Turgut, hör auf, ich hab schon ein Motiv«, unterbrach ihn Sabine Klein, seiner Belehrungen überdrüssig. Sie verschwieg, dass sie das Tattoo bereits seit zwei Monaten hatte. Eine Nachtigall.

Nach einer Stunde Fahrt parkten die beiden Ermittler vor dem Haus von Uwe Müller. Dessen Lebensgefährtin trat in T-Shirt, Rock und barfuß vor die Tür. Ihre rot geweinten Augen waren geschwollen, sie hielt sich gebeugt und war unfrisiert.
Als Sabine Klein ihren Kollegen und sich vorstellte, brach die Frau in Tränen aus.
»Sagen Sie es mir: Uwe ist tot«, schluchzte sie.
»Lassen Sie uns reingehen. Ihre Nachbarn müssen nicht alles mithören«, schlug Sabine mitfühlend vor.
Die Frau willigte ein, ging rückwärts ins Haus, dabei immerfort redend:
»Wir wollten in zwei Monaten heiraten.« Sie sprach verwaschen. Öffnete den Mund beim Sprechen kaum und zeigte auf ihren Verlobungsring.
»Wissen Sie, wie er um meine Hand angehalten hat? Es war so romantisch! Bei einem Abendessen holte er 40 rote Rosen und ein bedrucktes Schieferherz aus dem Auto. Auf dem stand: Ich bin verrückt nach deinen braunen Rehaugen. Ich will den Rest meines Lebens mit dir verbringen. In dem Rosenstrauß hing dieser Ring. Hier sehen Sie ihn sich bitte an. Wir haben uns so geliebt. Bis zu dem letzten Anruf von diesem Winzer war alles in Ordnung zwischen uns. Dieser verdammte Typ aus Saulheim. Dieser Mistkerl. Wegen ihm ist Uwe tot«, sagte die Frau vorwurfsvoll.

»Was für einen Grund könnte er gehabt haben, Ihren Verlobten zu ermorden?«, der Kommissar versuchte, die Frau durch die offene Wohnzimmertür zu dirigieren.

»Bei seinen Ermittlungen als Geisterjäger hatte Uwe herausgefunden, dass der Dreckskerl keine echten Weine verkauft. Ich meine, die waren doch gefakt. Uwe wusste sofort, dass hier ein Fälscher am Werk ist. Deshalb musste er sterben«, brachte die Frau erregt hervor. »›Melde dich bitte, wenn du angekommen bist‹, habe ich zu meinem Uwe gesagt. Und. ›Hallo Uwe. Geht es dir gut, Liebling?‹, habe ich ihm auf die Mailbox gesprochen. Aber er hat nicht geantwortet.«

Die Frau watete an ihnen vorbei tiefer ins Haus.

»Wollen Sie mein Hochzeitskleid sehen?«, rief sie aus dem Schlafzimmer und weinte wieder.

Sabine Klein folgte ihr und sah, wie die Frau sich mit dem Gesicht nach unten auf das Bett warf.

»Wir haben noch Fragen an Sie. Können Sie uns sagen wie der Winzer heißt, bei dem ihr Mann zuletzt gearbeitet hat?«, versuchte die Ermittlerin, das Gespräch wieder in Gang zu bringen. Aber die Frau hob nur kurz den Kopf und murmelte:

»Woher soll ich das wissen. Woher soll ich das wissen.« Übergangslos fing sie an zu schnarchen. Vermutlich hatte sie ein Beruhigungsmittel eingenommen.

Von der Welt abgewandt. Den Verlust nicht wahrhaben wollen. Sabine setzte sich neben die Frau auf die Bettkante. Seit Tagen kreisten ihre Gedanken um die bevorstehende Versetzung. Sie wollte nicht weg aus Worms. Genauer gesagt, wollte sie auf keinen Fall nach Mainz ziehen, in die Nähe von ihrem Exfreund Turgut und dessen Familie. Turgut. Etwas in ihr freute sich, brachte sie zum Lächeln. Doch – was, wenn alles rauskommen würde? Das galt es zu verhindern. Vor allem wegen des Kleinen, wegen Ben.

Stille für einen Moment. Im Wohnzimmer schnüffelte der Ermittler in den herumliegenden Unterlagen. Unter einem Stapel ungeöffneter Briefe auf einer Kommode entdeckte er Notizen von Uwe Müller und rief nach seiner Kollegin.

»Das glaub ich jetzt nicht, Sabine. Komm und rate mal, was ich gefunden habe!«

»Hast du Fotos entdeckt?«

»Nein, besser, Beweismaterialien. Der Geisterjäger hatte rausgefunden, dass dieser Saulheimer Winzer seinen Wein panscht. Hier ist eine eMail:

Das Rezept ist einmalig. Für eine Flasche genügen 350 ml Bordeaux, je 180 ml oxidierter Bordeaux und Cabernet Sauvignon sowie ein Schuss Regent. Fertig ist der ›Chateau Mouton Rothschild 1946‹. Dieses Zeug verkauft sich hervorragend – für mehrere tausend Euro pro Flasche. Wir verkaufen es auf hochkarätigen Wein-Lounge-Partys. Zur Weinprobe reichen wir ohne Aufpreis russischen Kaviar, Gänsestopfleber, weiße und schwarze Trüffel. Eintrittsgeld 3.500 Euro. Insider nennen unsere Veranstaltungen bereits Best-Bottle-Partys. Es grüßt C.E.«

»Na, dann sind wir doch ein entscheidendes Stück weiter«, freute sich die Kommissarin. »Jetzt müssen wir nur noch den Namen von dem Winzer C.E. herausfinden. Lass uns in Saulheim nachforschen. Ich kenne eine tolle Strecke über Bad Kreuznach«, sie hielt die Hand auf, um den Autoschlüssel von ihrem Kollegen zu fordern.

Als sie die Nahe überquerten, brach es aus Sabine heraus:

»Turgut, ich muss dir was sagen. Ich werde bald nach Mainz versetzt.«

»Cool, du kommst in meine Abteilung?«

»In welche Abteilung ich wechseln werde, sage ich dir nicht. Noch nicht.«

Turgut genoss die Fahrt mit seiner Lieblingskollegin. Kurz vorm Ziel, in Partenheim, klingelte sein Handy.

»Wie kommen Sie dazu, eigenmächtig zur Zeugenbefragung in den Hunsrück zu fahren? Und warum ist Frau Klein bei Ihnen? Frau Ackermann hat mir alles erzählt«, schnauzte Saaler. »Sie fahren sofort nach Saulheim. Da bedroht eine Frau jemanden mit einer Waffe. Die beiden befinden sich auf einem Weingut namens *Enfer.* Wir schicken Verstärkung. Die Adresse in Nieder-Saulheim sende ich Ihnen zu.«

»Warum regt sich Saaler auf, dass ich dabei bin?«, empörte sich Sabine Klein.

Ihr Kollege ging nicht darauf ein.

»Es lief so ab: Uwe Müller fand heraus, dass der Winzer gepanschte Weine verkaufte, und versuchte, ihn zu erpressen. Der Winzer ließ daraufhin den Geisterbeschwörer ermorden.«

»Und wenn sie nicht gestorben sind, dann leben sie noch heute. Was du dir zusammenreimst, ist abgedroschen. Ich glaube, es gibt andere Zusammenhänge. Wir wissen bisher nichts über die beteiligten Familien, den Winzer und das gesamte Umfeld. Außerdem bin ich hungrig und lechze nach einer eiskalten Riesen-Coke. Sobald wir diese Revolver-Lady dingfest gemacht haben, gehen wir was essen. Abgemacht?«

»Ok, Frau Klein, aber nicht in Saulheim. Ich lade dich zum Essen ein, wenn du mir sagst, wohin du versetzt wirst«, der Kommissar fingerte am Sicherheitsgurt herum, zog endlich sein Jackett aus und hängte es im Auto an einen Kleiderhaken. Die Sommerhitze drang bis in den Wagen.

»Ich lass mich nicht erpressen, Turgut, das solltest du wissen.« Schnittig nahm Sabine die Kurven der L429. Links und rechts von ihnen breitete sich die Weinlage Hölle aus.

»Hölle – vielversprechender Name für ein Weingut«, bemerkte Turgut.

»Du hast keine Ahnung von Wein, Mann. Du trinkst doch bloß Bier. Mein Vater war Winzer. Und die Hölle ist der Name der Lage, was nichts mit dem Teufel zu tun hat. Halte jetzt bitte mal die Klappe.«

Sie lenkte das Polizeiauto durch die schmiedeeiserne Toreinfahrt des angegebenen Weinguts. Automatisch begann der Ermittler, an einem Fingernagel zu kauen.

»Und hör auf, an deinen Fingern zu kauen. Das sieht blöd aus.«

Über der breiten Einfahrt hing ein weinrotes Metallschild mit dem Namen *Weinkontor Enfer.* Das Schild war selbst für diese Einfahrt eindeutig überdimensioniert.

Rasant fuhr Sabine auf das imposante Gebäude zu, hielt den Wagen quer vor dem schlossähnlichen Bauwerk aus gelbem Sandstein an.

»Du kannst das Auto so nicht stehen lassen, Sabine. Hier kommt keiner mehr durch.«

»Klugscheißer, los raus, Turgut. Schau du dich hier am Gebäude um. Ich laufe den Weg dort drüben hinauf in die Weinberge. Ich hoffe, wir kommen nicht zu spät.«

»Das Weingut ähnelt einer Festung«, kommentierte Turgut, dem niemand zuhörte. Er machte sich auf die Suche nach einer Frau mit Waffe und schlich um das Gebäude herum. *Anmeldung Tastings* stand auf einem Holzschild an der Wand, daneben eine Klingel. Die Tür zu dem Tasting-Raum war verschlossen. Die anderen Türen links und rechts ebenfalls. Da hier niemand zu finden war, folgte er seiner Kollegin in die Weinberge. An einer Weggabelung erreichte er ein gelbes Weinbergshäuschen. Es war von Büschen und Sträuchern umgeben. Jetzt hörte er Stimmen.

»Hey, Sabine, alles in Ordnung?«, alarmiert eilte er um das Häuschen herum.

»Ja, Turgut. Ich habe den Mann gefunden, der mit einer Waffe bedroht worden war. Er ist der Winzer dieses Weinguts und die schießwütige Dame seine Mutter«, klärte Sabine ihren Kollegen auf. »Herr Enfer sagt, er wisse nicht, warum seine Mutter ihn mit einer Waffe bedroht hat. Erst recht nicht, wo sie derzeit ist. Ich schlage vor, wir bringen den Herren zum Auto und warten bis unsere Verstärkung eingetroffen ist. Dann durchkämmen wir systematisch das Gelände nach der Mutter.«

»Ja, Sabine, bringe du Herrn Enfer runter zum Wagen, ich nutze die Zeit und schaue mich hier um. Die

Kollegen treffen sicher gleich ein«, riss der Ermittler die Initiative an sich.

»Nein, Turgut, im Alleingang ist das zu gefährlich. Los, komm mit zum Auto«, instinktiv griff sich Sabine an den Hals.

Grillen zirpten überall. Die Hitze flirrte über den Weinbergen.

»Sagst du mir, wohin du versetzt wirst, Frau Kollegin?«, insistierte Turgut erneut und richtete sich auf.

»Ich habe die Nase voll von deinen Deals«, ihre Stimme bebte. Dann drehte sie sich um und führte den Winzer wortlos an ihrem Kollegen vorbei, hinunter zum Polizeiauto.

»Ich kann selbst auf mich aufpassen. Bis nachher«, rief Turgut ihr hinterher und bog an der Gabelung vor dem eingewachsenen Häuschen links in einen geschotterten Weg ein. Im Frühjahr sah man problemlos durch das zarte Blattwerk der Rebreihen hindurch. Jetzt im Sommer war das unmöglich. Die Weinstöcke standen dicht im Laub. Dazwischen hingen Päckchen voller hellgrüner Beeren. Weiter weg fuhr ein Traktor. Von der Mutter des Winzers fehlte jede Spur.

»Wo versteckt sich eine alte Dame mit Waffe«, überlegte der Kommissar leise und schaute Sabine hinterher. »In dem Häuschen? Dahinter? Verdammt, wo bleiben die Kollegen?« Er steckte den rechten Ringfinger zwischen die Zähne und riss ein Stück Fingernagel ab.

»Hände hoch oder ich schieße«, hörte er hinterrücks jemanden aus dem Blätterdickicht rufen. »Wer sind Sie? Was tun Sie auf meinem Gelände?«, keifte die Stimme weiter.

»Polizei. Lassen Sie Ihre Waffe fallen und kommen Sie mit erhobenen Händen langsam heraus«, Yilmaz' Stimme nahm einen sachlichen Ton an.

»Polizei, das trifft sich gut. Dann können Sie ihn gleich mitnehmen. Diesen Taugenichts. Wenn das sein Vater wüsste. Er hätte ihm eigenhändig den Hals umgedreht«, meckerte die Frau hinter den Rebstöcken, eindeutig die Mutter des Winzers.

Der Ermittler versuchte, sie zu orten und bewegte sich von seinem Platz weg. Weinblätter raschelten.

»Nicht bewegen, habe ich gesagt. Sonst schieße ich«, drohte die Alte erneut.

»Sie haben ›Hände hoch oder ich schieße‹ gesagt«, korrigierte Yilmaz.

»Ich bestimme hier, Herr Wachtmeister. Und jetzt Hände hoch und zu mir rüberkommen«, befahl die Dame eisern und schoss zur Warnung in die Luft.

»Turgut«, schrie Sabine von unten. »Bist du ok?«

Dieser versuchte, zwischen den Rebstöcken hindurch in Richtung der Stimme zu stürmen und die Winzerin zu überwältigen. Doch im Dickicht der Blätter hatte er die gespannten Weinbergsdrähte übersehen, prallte an ihnen ab und stürzte zu Boden. Die Frau auf der anderen Seite brüllte wütend auf. Wahllos schoss sie umher. Turgut drehte sich auf den Bauch. Sein Arm brannte. Ein Streifschuss hatte ihn getroffen. Lautlos robbte er ein Stück vor, unter den Drähten hindurch, bis er die Schuhe der Winzerin sah.

»Verdammt! Jetzt reicht's aber!«, rief er, sprang blitzschnell auf und warf die Frau zu Boden. Sie fielen beide ins Gras. Die Waffe landete unter einem Weinstock. Als er der Frau aufhelfen wollte, wehrte sich diese undamenhaft:

»Lassen Sie mich in Ruhe. Eines Tages bringe ich ihn eh um. Dieses Weichei!«

»Von wem reden Sie?«

»Von meinem nichtsnutzigen Sohn Arnold. Er ist nicht mal Winzer. Hat Bäcker bei seinem Onkel gelernt. Ein Möchtegernwinzer, aber im großen Stil. Und keiner hat's gemerkt. Alles Idioten. Er war zu dumm, das Winzerhandwerk von mir zu lernen. Seine Weine sind ungenießbar. Aber am besten fragen Sie ihn selbst. Ich möchte dazu nichts mehr sagen«, schloss sie ihren Satz und blieb schweigend neben dem blutenden Kommissar stehen.

Turgut überlegte, ob die Frau tatsächlich die Absicht hatte, ihren eigenen Sohn zu töten. Bevor er die Dame genauer beäugen konnte, traf die Verstärkung ein.

Zwei Beamte rannten den Weg hinauf zu dem Ermittler. Sein T-Shirt war am rechten Ärmel blutig. Ein Polizist, es war Theo Mayer, trat nah an die Winzerin heran und hielt sie – eher behutsam – am Arm fest. Der andere verständigte einen Krankenwagen. Dann führten die beiden Polizisten Turgut und die Frau nach unten zum Weingut, wo die Kommissarin mit Arnold Enfer vor dem Haus wartete.

»Gott sei Dank, dass Sie gekommen sind«, sprach der Winzer die Polizisten im Plauderton an. »Meine Mutter ist entsetzlich wütend. So habe ich sie noch nie erlebt. Ich habe keine Ahnung, was in sie gefahren ist. Und herzlich willkommen in unserem Weinkontor. Seien Sie unser Gast. Darf ich vorstellen, meine Mutter Constanze Enfer, und ich bin Arnold Enfer, der Besitzer dieses traumhaften Stückchens Erde. Was kann ich für Sie tun?«
»Na, Sie haben Nerven. Mein Name ist Sabine Klein, Kriminalkommissarin aus Worms. Wir wurden von der Einsatzzentrale über diesen Vorfall hier unterrichtet. Mein Kollege ist verletzt und Sie preisen Ihr Weingut an?«
»Da bist du ja, du mickriges Nichts«, giftete Constanze Enfer ihren Sohn an.
»Mutter, bitte …«, begann dieser hilflos und fuhr Sabine Klein zugewandt fort: »Unter anderen Umstän-

den hätte ich Sie alle gerne zu einem leichten Sommerwein eingeladen, der ALDI hat unseren köstlichen Wein mittlerweile in sein Sortiment aufgenommen. Danach würde ich einen *Enfer Grand cru rouge* reichen, die Flasche für 750 Euro. Aber das erscheint mir im Moment unmöglich«, versuchte der Winzer weiterzureden.

»Sie halten jetzt beide den Mund«, ordnete die Kommissarin an. Dabei fand sie den rundlichen Winzer nicht unsympathisch. Er trug ein blaues Poloshirt, eine weit geschnittene Leinenhose, in der hinten ein paar Gartenhandschuhe samt Schere steckten, und vormals polierte Lederstiefel, an deren Sohlen Erde und Blütenblätter klebten. Die schwarze Batschkapp hielt seine blonden Haare zusammen, an denen der Wind zauste.

Seine Mutter ließ sich von Sabine Klein nicht einschüchtern.

»Du hast doch nicht wirklich an übernatürliche Kräfte geglaubt, als diese komischen Vorkommnisse auf meinem Hof geschahen«, höhnte sie. »Ich war es, die deine beiden Jagdhunde getötet hat. Den einen im See ertränkt, den anderen mit dem Traktor überfahren. Dein Pferd, das angeblich vom Blitz getroffen wurde, hatte Theo beim Gewitter an den Baum gebunden. Den Rest erledigte der Blitz. Deinen Kellermeister, der immer noch im Wachkoma liegt? Nein, darüber möchte ich hier jetzt nicht sprechen. Und du, du musstest ja einen Geisterjäger bestellen. Mein Gott. Wie naiv du bist. Diesen Uwe Müller hast du engagiert. Er durchsuchte meine Weinberge und jede Ecke meines Anwesens für teures Geld. Am Ende hast du diesem Schwachsinnigen vertraut, als der behauptete, er habe die unglückliche Seele deiner toten Tante gefunden. Sie sei für die ganzen Ereignisse verantwortlich. Und nach seinen Reinigungszeremonien hörten die Unglücke angeblich auf. Himmel, bist du blöd!«

Ihr champagnerfarbenes Gucci-Kostüm, die goldenen Ohrringe mit Halskette von Versace und die mit Haarspray fixierte Frisur ließen die alte Gutsbesitzerin herrschaftlich erscheinen. Ihre schmalen Augen blitzten unnachgiebig.

»Logisch war dann Schluss mit dem Spuk. Weil ich damit aufhörte.«

»Constanze! Lass gut sein«, mischte sich der Polizist Theo Mayer ein.

»Mutter«, der joviale 45-Jährige sackte in sich zusammen, verlor jegliche Körperspannung. »Du hast meine Jagdhunde getötet? Ich fasse es nicht. Nein, ich kann es nicht glauben. Und dann dieser Theo da. Was hast du mit diesem Mann zu tun? Ich dachte, du bist einsam und verzweifelt, seit Papa tot ist?« Der Winzer hüstelte, bemühte sich, Fassung zu wahren. »Ich bin

für dich nach New York geflogen, um bei *Acker Merrall & Condit,* diesem alteingesessenen amerikanischen Auktionshaus, eine Flasche Magnum *Château La Mission Haut-Brion,* 1955, zu ersteigern. Für 9.760 Dollar. Es war mein Geschenk zu deinem 65. Geburtstag.«
Jetzt hatte er Tränen in den Augen.
»Du hast immer in deiner naiven Welt gelebt«, griff seine Mutter ihn an. »Genauso wie dein einfältiger Vater. Er hat mich bloß geheiratet, weil er einen Stammhalter für sein Weingut brauchte. Und ich war von ihm schwanger. Ein Kind wollte ich nie. Du und dein Vater, ihr hattet doch beide keine Ahnung von Wein. Ich war es, die sich um alles gekümmert hat: das Ausbrechen, die Rebblüte, die Erziehungsarten, das Spritzen und die Ernte. Um Lesegut, Ausbau, Mischungsverhältnisse und Zutaten – um alles! Aber dein Vater hat nie zugelassen, dass mein Name mit auf dem Etikett stand.«
Die beiden Ermittler hörten sprachlos zu. Der Kommissar, der von diesen Fachbegriffen aus dem Winzerwesen nichts verstand, unterbrach diesen befremdlichen Dialog zwischen Mutter und Sohn.
»Frau Enfer, bedeutet das, dass Sie für die Rezepturen der Weine verantwortlich sind?«
Sabine präzisierte: »Haben Sie die Weine gepanscht?«
Als die Winzerin für ihre Antwort Luft holte, fiel ihr Theo Mayer ins Wort.

»Arnold, ich muss hier offensichtlich ein paar Dinge klarstellen. Ich bin schon länger mit Ihrer Mutter Constanze zusammen. Nicht erst seit dem Tod Ihres Vaters. Seit ich Constanze damals in Frankfurt getroffen hatte und sie mich küsste, war ich in sie verliebt. Mit dem Tod Ihres Vaters blühte sie auf. Denn sie ist eine begabte und geschäftstüchtige Frau. Endlich hatten wir freie Hand, das Weingut auf Vordermann zu bringen. Dabei gab es nur ein Problem: Sie. Constanze, ich meine Ihre Mutter, wollte Sie vom Weingeschäft fernhalten. Sie haben sich dauernd eingemischt, verschwendeten unser Geld und lieferten keine trinkbaren Ergebnisse. Deshalb mussten wir Maßnahmen ergreifen.«

Die Kommissarin ertrug den Gesprächsverlauf nicht mehr.

»Frau Enfer, haben Sie die Weine zusammengepanscht oder nicht?«

»Da mein Sohn nichts zu Stande gebracht hat, musste ich handeln. Ja. Und da er sich von nichts beeindrucken ließ, war ich gezwungen, zu wirksameren Mitteln zu greifen. Ich hatte geplant, ihm bei meiner Geburtstagsparty einen Todescocktail zu verabreichen.«

Arnold starrte auf seine Mutter. Entsetzen quoll aus seinen Augen. Er wollte aufbegehren, schreien, stattdessen kippte er zur Seite und schlug auf den Boden. Bewusstlos oder tot – das vermochte im Moment nie-

mand zu sagen. Ein Rettungssanitäter eilte herbei und kümmerte sich um ihn.
»Ich füllte den Todescocktail in Arnolds graviertes Glas, dass er leider an Uwe Müller weiterreichte. Der hing um Mitternacht bewusstlos über dem Balkongeländer. Ich musste ihn nur noch runter schubsen.«
Mehrmals versuchte Theo Mayer Constanze zu unterbrechen. Sie fuhr unbeirrt fort:
»Gemeinsam mit meiner Putzfrau habe ich die Leiche aus dem Hof geschleppt und im Jeep verstaut. Mein Gott, was für eine unsägliche Plackerei für eine Frau meines Standes.«
»Bei der Aktion wurde dem Toten vermutlich das Rückenmark durchtrennt«, schlussfolgerte Sabine Klein, fuhr sich mit beiden Händen durch die Haare und kratzte an der Kopfhaut.
»Wir wollten seine Leiche erst auf dem Wertstoffhof ablegen. Aber dessen Tore waren mitten in der Nacht geschlossen. Meine nächste Idee war, den Geisterjäger auf dem Friedhof an der Neuen Pforte abzulegen. Doch die Putzfrau fürchtet sich panisch vor Friedhöfen.«
»Genug, Constanze«, unterbrach Theo Mayer. »Details braucht niemand zu wissen.«
»Das sehe ich anders«, Turgut Yilmaz richtete seine Augen fassungslos abwechselnd auf die Winzerin und seinen Kollegen. Er hielt die Tatsache nicht aus,

dass eine Mutter versucht hatte, ihren eigenen Sohn umzubringen. Unbeherrscht kaute er an den Resten seiner Fingernägel.

»Meine Damen und Herren. Es ist an der Zeit, dass die ganze Wahrheit ans Tageslicht kommt«, die Winzerin wurde pathetisch. »Wir chauffierten den toten Geisterjäger hinauf ins Gewerbegebiet zu ALDI. Wie praktisch, dass meine Putzfrau auch dort putzt und den Personaleingang öffnen konnte. Wir zerrten die Leiche aus dem Auto und legten sie im Flur ab. Erleichtert sprangen wir in den Jeep und ich gab Gas.«

»Was für eine bestialische Tat«, äußerte sich Sabine Klein abfällig.

»Die Putzfrau fuhr den Jeep am nächsten Tag zu einer Baugrube und zahlte einem Arbeiter 1.000 Euro. Der goss die Grube mit Beton aus, bis der Wagen nicht mehr zu sehen war«, schloss die Winzerin ihr Geständnis ab.

Die Kommissarin zog ihre Handschellen heraus.

»Es reicht! Unsere kriminalistischen Ermittlungen sind hiermit abgeschlossen. Frau Enfer, wir nehmen Sie wegen des Mordes an Uwe Müller vorläufig fest.«

Theo Mayer riss seine Dienstwaffe heraus und drückte sie Sabine in den Rücken.

»Eines sollst du wissen, Constanze«, rief er, »ich stehe immer zu dir. Hau ab! Ich habe hier alles unter Kontrolle. Denk an unseren Song!«

»Bist du noch bei Verstand«, herrschte Constanze ihn an. »Leg sofort die Waffe weg. Ich bin hier die Chefin!«

Stille lag über dem Weingut. Nicht einmal der Wind kam auf.
»Ich komme in deine Abteilung«, flüsterte Sabine ihrem Kollegen zu.

Die Mauersegler brachen in Richtung Winterquartier auf. Für sie gab es hier nichts mehr zu tun.

ZWEI KOMMISSARE UND EIN SOMMER

LEBENSKRISE

LIED: *Non, je ne regrette rien*
Edith Piaf

SINNBILD: *Wiedehopf*

Der Morgen über Südfrankreich stieg herab. Verschob wahllos Wolken, riss sie auseinander. An den freien Stellen tauchten diese Blaus des Himmels auf, erweckten die Rottöne der mittelalterlichen Backsteine und Grünschattierungen der Gärten, Parks und Landschaften. Gemeinsam mit den Brauntönen von Stämmen und Blättern begannen sie ihr Spiel um Licht und Schatten im Gelb der Sonne. Die Natur war hier Lehrmeisterin geworden und mit ihr die Singzikade, die Königin des Sommers. Sie bildeten jemanden aus, eine Künstlerin, bei der Flora und Fauna durch alle Adern strömten. Getragen vom Rausch der Nuancen quoll die Natur in wulstigen Strängen aus den Tuben der Ölfarben auf ihre Leinwände. So dick und satt, dass noch nach Jahren das Leinöl zu riechen war. Weil das zunächst nichts Neues, keine bilderstürmende Kunst darstellte, erhielten diese Bilder provokante Löcher.

Donnerstagabend im September in Mainz.

»Musst du ausgerechnet jetzt wegfahren? Ich habe in den nächsten drei Wochen wichtige Termine. Mit Designern und Modejournalisten. Außerdem muss ich die Urlaubsvertretung in der Boutique machen. Wer passt auf Deniz und Hülya auf, Turgut?«, fragte Nesrin, die Ehefrau des Kommissars, wütend. »Es reicht, dass du regelmäßig mit deinen Fahrradjungs auf Tour gehst. Jetzt willst du auch noch nach Südfrankreich? Eine Auszeit nehmen? Dass ich nicht lache. Die könnte ich viel mehr gebrauchen als du!«

Der Kommissar kaute an seinen Fingernägeln. Entspannung brachte das keine.

»Nesrin. Ich bin unzufrieden. Wir haben schwierige Zeiten hinter uns.«

»Du hast schwierige Zeiten hinter dir, Turgut. Weil du zu viel willst. Wir führen eine gute Ehe, aber du machst zu wenig. Und manchmal habe ich den Eindruck, du lehnst deine kurdischen Wurzeln immer mehr ab«, hielt seine Frau dagegen.

»Du hast mich neulich hart kritisiert, Nesrin. Das zeigt doch, dass auch du unglücklich bist, wie es zwischen uns läuft. Gemeinsam finden wir gerade keine Lösung. Ich will mal zu mir kommen, nachdenken, was mir im Leben wichtig ist, meine Ziele überdenken. Ich arbeite auch viel zu viel. Ich brauche diese Auszeit. Bitte. Ich muss zur Ruhe kommen. So kann es nicht weitergehen.«

»Mach, was du nicht lassen kannst. Das hast du ja immer gemacht. Ich fahre mit den Kindern zu meinen Eltern. Morgen ist schulfrei, falls es dich interessiert. Und du kannst gerne hier bleiben, wir kommen am Samstag zurück. Dein Sohn hat ein Fußballspiel«, sie würdigte ihrem Mann beim Hinausgehen keines Blickes.

»Morgen ist mein letzter Arbeitstag vor Südfrankreich, Nesrin. Ich kann nicht mitkommen. Meine To-do-Liste ist fast zwei Seiten lang. Ich bin nicht nur Vater, ich bin auch Polizist. Falls es dich interessiert«, rief er ihr hinterher, keine Antwort erwartend.

Freitagmorgen im Polizeipräsidium in Mainz. Die Kommissarin Sabine Klein hielt ihr Handy in der Hand und zögerte. »6.58 Uhr. Schon wach, Herr Kommissar«, schrieb sie und setzte dahinter ein schlafendes Smiley. Sie überlegte »WhatsApp senden oder lieber nicht?«, da kam ihr auf dem Flur Turgut entgegen.

»Bist du es oder träume ich?«, rief die Ermittlerin ihrem Kollegen zu. »7 Uhr. Entweder hast du Ärger mit Saaler oder daheim etwas ausgefressen. Oder warum bist du so früh im Büro?«

»Guten Morgen, Sabine. Ach, wenn du wüsstest. Ich muss mal raus aus dem Hamsterrad. Ich funktioniere nur noch. Mit Nesrin läuft es seit einiger Zeit nicht mehr gut. Sie hat ihren Modeblog, um den sich alles dreht, und sie spielt die Kinder gegen mich aus. Aber lassen wir das. Ich habe noch so viel zu erledigen.«

Sabine in Jeans und weißer Bluse trug ihre grauen Wildlederstiefel von Red Wings.

»Das kommt mir bekannt vor. Deine Auszeit damals hatte dazu geführt, dass du dich von mir getrennt hast. Mal sehen, wie es dieses Mal ausgeht«, Sabine verstellte Turgut den Weg. »Lass uns Kaffee holen und dann erzählste mal, was los ist«, schlug sie versöhnlich vor.

»Leider keine Zeit«, blockte ihr Kollege ab und erwartete Sabines Kommentar.

»Ich bin nicht Saaler. Ich will dich nicht kontrollieren oder ausfragen.«

»Danke, Sabine, ich weiß. Wir reden ein ander' Mal.«

»Aber sicher, Herr Kommissar. Immer schön vermeiden, Nägelkauen und lächeln. Ich habe mich darauf gefreut, hier in Mainz mit dir zu arbeiten. Dass du dich null verändert hast, kotzt mich an. Schönen Tag noch«, zischte Sabine, lief bewusst eng an Turgut vorbei und rumpelte ihn an.

Sonntagmorgen. Der Koffer stand schon seit dem Abend zuvor fertig gepackt bereit. Nur noch die Kulturbeutel, ein letztes Mal in den Schrank schauen, der Versuch einer Umarmung.

»Ja, ja, Nesrin, ich rufe an, bevor die Kinder im Bett sind. Diclofenac, danke, das hätte ich vergessen, für meinen Rücken, und das Ladekabel. Ist ja nur Südfrankreich, Larroque. Ich bin nächste Woche Freitag wieder da.« Turgut wusste nur zu gut, dass er Nesrin mit der Wahl seines Ziels doppelt reizte: Er sprach fließend Französisch, sie kein Wort. Und die Frau, mit der er seinerzeit in Saulheim eine Affäre hatte, war mütterlicherseits Französin gewesen. Trotzdem brachte Nesrin ihren Mann mittags nach Frankfurt zum Flughafen.

»Ich melde mich«, sagte der Kommissar beim Aussteigen zu seiner Frau und nahm seinen Trolley aus dem Kofferraum.

Die beiden Kinder Deniz und Hülya schnallten sich schnell ab, hüpften aus dem Auto und sprangen ihren Vater um den Hals.

»Papa, bringst du mir etwas mit?«, bettelte seine Tochter.

»Papa, du schickst mir Fotos von französischen Autos«, forderte sein Sohn.

Der Mann küsste beide Kinder und bat sie, wieder in den Wagen zu steigen.

»Mach's gut, Nesrin«, wünschte er seiner Ehefrau und wartete, darauf, dass sie etwas sagen würde.
»Mach's besser«, lautete ihre knappe Antwort.
Der Polizist schlug die Beifahrertür zu, zerrte den Bügel seines Trolleys heraus und zog ihn mit holprigen Geräuschen in die Abflughalle.

Ein Angestellter des Arrondissements Albi hatte vorm Wochenende damit begonnen, in Larroque die Hecke an der Böschung eines Grundstücks mit einer hydraulischen Heckenschere zu schneiden. Es hatte gestaubt, Steine waren umher geflogen und hatten hohle Geräusche gemacht, wenn sie auf dem Asphalt aufschlugen. Doch die Luft an diesem Montag war keine normale Montagsluft gewesen. Der Wiedehopf im Garten alarmierte mit seinen Hup-Hup-Lauten. Und er hatte Recht mit seinen warnenden Rufen. Er hatte es als Erster erkannt.

Turgut hatte während des kurzen Flugs versucht, sich vorzustellen, wie sein Vermieter, der ihn abholen sollte, wohl aussehen würde. Hinter der Abfertigung wollte er sich gerade umsehen, als ihm ein braun gebrannter Mann in weißem Hemd, heller Hose, blauen Mokassins zuwinkte und rief: »*Bonsoir,* Monsieur Yilmaz? Sie sind doch mein Gast?«

Turgut lachte und antwortete in perfektem Französisch:
»Ja, der bin ich. Ich freu mich, endlich hier zu sein.«
Dann begrüßten sich die beiden Männer und gingen gemeinsam zu einem alten Citroën DS.
»Was für ein elegantes Auto«, entzückte sich Turgut und stieg in den schwarz lackierten Wagen mit weißem Dach.
»Ja, mein ganzer Stolz«, freute sich der Vermieter, startete das Auto und fuhr los.
»Ich bringe Sie in unser kleines Paradies nach Larroque. Wenn Sie Ihr Zimmer bezogen haben, trinken wir im Garten zusammen einen Pastis. Ich hoffe, Sie mögen Anis?«
»Ja, danke, das ist eine gute Idee«, bedankte sich der Kommissar und schaute gedankenverloren in die Landschaft. Die Fahrt vom Flughafen TLS in das nördlich gelegene Urlaubsdomizil dauert eine Stunde. Als sein Gastgeber wissen wollte, was er beruflich mache, zögerte er.
»Hm, es muss nicht gleich jeder im Dorf erfahren, dass ich für den deutschen Staat arbeite. Eine verantwortungsvolle Tätigkeit. Sie verstehen.«
»Ach so«, antwortete der Belgier, der nichts verstand.
»Ich muss einfach mal raus aus dem Hamsterrad, über mein Leben nachdenken.«

»Ist ok. Ich dachte mir schon so etwas. Hier draußen bei uns ist es friedlich. Hier kommen Sie zur Ruhe.«

Zikaden im Garten. Aus dem grauen Geäst drang ihr Gesang in den Sommer hinaus. Man hörte sie – einzeln und in Massen. Südfrankreich eben. Da war ein zweites Geräusch. Es hing in den Zweigen, bis es herunter plumpste. Dieser Moment. In dem alles sich änderte. Der Augenblick, der nicht wiederkehrte. Wenn sie sich fallen ließen.
Plop, plong.
Geräusche produzieren Erwartung. Wieder fiel eine. Satt, prall, reif. Unten angekommen, platzte die Hülle auf und gab den Inhalt frei. Saftig. Lustvoll. Rot. Sie waren einfach nur feige. Sonst nichts.
Im Gras wippte ein Wiedehopf mit seiner Federhaube. Von irgendwoher kamen Hornissen angeflogen. Zielsicher fanden sie die Früchte. Nahmen Platz auf ihnen, genossen die satte Süße. Bis auf die heiseren Schreie des Bussards waren keine Vögel zu hören. Ein Wind strich durch den Garten. Wehte am Rand die Blattspitzen des Spanischen Rohrs hin und her. Selbst wenn ein Auto vorbei fuhr, bewegte es das hochwachsende Süßgras. Allmählich verdunkelte sich der Abendhimmel über Larroque.

»Ich will mir noch ein wenig die Füße vertreten«, entschuldigte sich der Kommissar, stand auf und blickte über die Hecke hinweg.
»Sie verstehen, ich habe die ganze Zeit nur rumgesessen.«
»Natürlich. Sie laufen auf den Weg da draußen, dann biegen Sie rechts ab bis zur Wiese. Dahinter beginnt ein kleines Waldstück. Sehr schön. Aber verlaufen Sie sich nicht. Es wird bald dunkel«, empfahl sein Vermieter und blieb im Garten sitzen.
»Und achten Sie auf das Dornengestrüpp auf dem Weg. Monsieur Julian fegt hoffentlich morgen endlich die Straße.«

Montagmorgen. Er, Monsieur Julian, hatte versprochen die Dornenzweige vom Weg zu kehren. Auf Monsieur Julian war Verlass. Immer. Er war pünktlich. Typisch deutsch eben.
»Räumen Sie den Weg frei, Monsieur Julian. Ich will nachher mit meinem deutschen Feriengast zum Markt nach Albi fahren. Sie wissen doch, die alte Markthalle ist eine Sehenswürdigkeit. Ich werde mir an Ihrem Gestrüpp die Reifen meiner DS zerstechen und meine Göttin verkratzen. So hören Sie doch, Monsieur Julian«, wetterte der Vermieter durch die Hecke aus Feigenbäumen, Zistrosen- und Oleanderbüschen. Er war 67 Jahre alt, hatte ein langes, schmales Gesicht

und ein Hängebäuchlein. Unter seinem weißen Morgenmantel lugten zwei dünne Beine hervor.
Jetzt bewegten sich wieder die Blätter des Spanischen Rohrs. Dieses Mal heftiger. Weiße Apollofalter flatterten unbedarft über den frisch gemähten Rasen.
»Monsieur Julian, die Dornenzweige. Die müssen weg. Jetzt. Sie werden sonst noch den Rekord in Autos-mit-platten-Reifen hier in unserer Straße aufstellen. So kommen Sie doch endlich raus.« Er war der Nachbar aus Belgien, der von der Sonne Gegerbte, der seit sieben Jahren in der Straße wohnte. Er joggte jeden Morgen ein Stück in den Wald, ging dann duschen, um sich anschließend nackt im Garten von der Sonne trocknen zu lassen. Seine Frau war vor zehn Jahren gestorben. Drei Jahre hatte er gebraucht, um sein Architekturbüro in Belgien aufzulösen und endgültig hierher nach Südfrankreich zu ziehen.

Ein Bussard stieß jetzt oben seine Rufe aus und unten im Garten der Wiedehopf. Auch der belgische Ex-Architekt hörte sie. Er war frisch verliebt in die rothaarige Kassiererin vom Adeo-Baumarkt. Anfang 30. Sie fuhr einen alten, blauen Peugeot und war – ausgerechnet – die Tochter von Monsieur Julian. Den alle nur beim Vornamen nannten, weil keiner wusste, wie er wirklich hieß.

Von Monsieur Julian erwartete man, dass er umgehend die dornigen Heckenabschnitte vor seinem Grundstück wegfegen würde. Der baumlange Mann mit den hellblauen Augen stammte aus Rheinhessen, aus Wörrstadt, ein Schreinermeister. Er war vor 20 Jahren für einen Auftrag nach Toulouse gekommen, hatte sich sogleich heimisch gefühlt und wollte umsiedeln. Fand 100 km nördlich im winzigen Larroque ein altes Haus mit Garten, kaufte es und war geblieben.

Turgut Yilmaz wurde von Traktorengeräuschen geweckt. Benommen stellte er sich zum Wachwerden lange unter die Dusche. Dann suchte er seinen Hausherren.

»*Bonjour,* Monsieur Yilmaz«, begrüßte ihn der Belgier. »Ich hoffe, Sie haben gut geruht. Das mit dem Traktorlärm tut mir leid. Zum Glück haben wir das nicht jeden Morgen hier.«

»Danke, wenn möglich, würde ich gerne einen doppelten Espresso trinken.«

Als der Angestellte erneut mit seinem Traktor in die Straße kam, in der er am Freitag die Büsche und Sträucher geschnitten hatte, sah er einen Mann auf der Böschung liegen. Den 57-jährigen Monsieur Julian, den Schreinermeister. Wie er da lag. Er wirkte, als hätte er sich zum Ausruhen unter einen Baum gelegt.

Doch es sah unnatürlich aus, wie er mit dem Kopf so steif an dem Baumstamm gelehnt lag. Um diese Uhrzeit? In weißem Hemd und Jeans. Der Tag fing erst an.
»Monsieur Julian, stehen Sie auf, das ist gefährlich hier zu schlafen, während ich arbeite«, rief der Bursche dem Schlafenden zu.
Der reagierte nicht. Fliegen saßen auf seinem Gesicht.
»So hören Sie doch mit Ihrem Ich-stell-mich-tot-Spiel auf, Monsieur Julian. Das ist kein Spiel, ich muss hier arbeiten«, versuchte der Angestellte erneut, ihn zu wecken.
»Sie erzählen doch sonst so gern, Monsieur. Heute, so scheint, sind Sie nicht so gesprächig?«
Er, ebenfalls groß gewachsen, in langen Hosen und ölverschmiertem T-Shirt, rüttelte an der Schulter des Deutschen. Dabei rutschte seine von der Sonne verblichene Kappe herunter, das ließ sein Gesicht schmaler erscheinen. Er schreckte zurück. Richtete sich auf. Der fremde Körper. Er ging näher heran und fasste den Mann an der Wange an. Seine Haut fühlte sich kalt an.
»Monsieur Julian. Sie sehen nicht gut aus«, sprach er zu dem am Boden Liegenden. Jetzt war er über ihn gebeugt und entdeckte getrocknetes Blut am Arm des vermeintlich Schlafenden.

»Sie haben sich verletzt«, stellte der muskulöse Bursche fest, strich seine halblangen schwarzen Haare aus dem Gesicht und holte den Verbandskasten aus dem Traktor. Er wühlte im Verbandszeug, fand eine Mullbinde, riss die Cellophan-Hülle auf und versuchte damit, den Arm des Regungslosen zu verbinden.
»Oh, Monsieur Julian. Sie hat es ordentlich erwischt. Sie sind womöglich gar nicht mehr am Leben. Vielleicht tot und ich habe Sie gefunden. Jetzt werden alle denken, dass ich nicht nett zu Ihnen war, dass ich Ihnen etwas angetan habe.«
Monsieur Julians Hände lagen gekrümmt auf seinen Oberschenkeln. Eine Ameise kletterte neben dem Toten über einen Dorn hinweg, verschwand dann unter einem Blatt. Als sie am anderen Ende des Blattes wieder auftauchte, hielt der Stadtangestellte sein Handy in der Hand und wischte auf dem verstaubten Display herum.
»Pardon, Monsieur Julian, aber ich rufe jetzt die *Flics.* Es muss sein. Eigentlich ein schöner Platz zum Liegen. Vor Ihrem Haus, hier an der Hecke vor Ihrem Garten. Aber heute soll es heiß werden. Sehr heiß. Hier können Sie nicht bleiben, Monsieur Julian.«
Der städtische Angestellte saß neben Monsieur Julian als gegen Mittag endlich die Polizei aus Albi, der alten Stadt am Tarn, eintraf.

»Stehen Sie sofort auf. Sie zerstören die Spuren«, herrschte ihn Claudette Morel von der *Police municipale* an. Ihr Ton klang angewidert, sie hatte Spuren von Tomatensauce an den Mundwinkeln hängen.
»Ich muss nach dem Mann dort sehen. Unter Umständen kann ich ihn wieder zum Leben erwecken.«
Das Abzeichen an ihrem Hemd kennzeichnete ihren Dienstgrad als Polizeimeisterin. Ihr Weg in den gehobenen Dienst war noch weit.
Sie näherte sich Monsieur Julian und musste feststellen, dass er schon länger tot war.
»Und überhaupt. Haben Sie eine Arbeitserlaubnis? Sie sehen aus, als hätten Sie keine«, schnauzte die Polizistin weiter. Sie war höchstens 30. Mit zu kurz geschnittenen schwarzen Haaren, die ihr Doppelkinn betonten und sie gedrungen erscheinen ließen. Ihre X-Beine steckten in einer sommerlichen blauen Uniform. Sie hatte just in ein Stück Pizza gebissen, als der Anruf in Albi eintraf und man sie mit einem Kollegen nach Larroque geschickt hatte, um den Fundort zu sichern. Wieder fiel eine Feige vom Baum herab. Diesmal in das Gesicht von Monsieur Julian.
»Sorgen Sie dafür, dass dieses Feigengefalle sofort aufhört«, befahl die Polizistin dem Kollegen. »Die Spuren. Wenn das hier so weiter geht, dann bricht die Herde Kühe da drüben aus, trampelt über die Leiche und wir haben überhaupt keine verwertbaren Spuren

mehr. Tun Sie was. Irgendwas. Schnell, *vite, vite*«, ihre Stimme wurde schrill.

Die Jungbullen, die auf einer Weide gegenüber standen, hatten sich entlang dem Elektrozaun formiert. Nur dieser dünne Draht trennte die massigen Tiere von dem Ort des Geschehens. Sie hielten ihre Köpfe in Richtung der Menschen gedreht. Jetzt versuchte ein schwarzer Käfer, an der Jeans des Toten emporzuklettern. Der Gärtnerbursche beobachtete den Käfer. Die Polizistin entdeckte das Tier als letzte.

»Oh, ich glaube es kaum«, sie riss die Augen auf. »Ein eckfleckiger Zahnflügel-Prachtkäfer. *Mon dieu*«, ihre Freude überstrahlte ihr plumpes Gesicht. Ihre Mimik entspannte sich augenblicklich und glitt ins Kindliche ab.

»Halt still«, zischte sie dem Tier zu.

Der Käfer krabbelte weiter.

»Halt sofort still, das ist ein Befehl«, ihr Speichel spritzte.

Der Käfer verharrte in seiner Bewegung.

»Geht doch«, sagte Claudette selbstgefällig. Die angebissene Pizza wartete im Auto auf sie. Sicher war sie längst kalt geworden.

»Tote«, während sie die Personalien des städtischen Angestellten überprüfte und ihn dabei am Arm packte, wurde Claudette wieder zur mürrischen Polizistin. »Ich wollte in Paris, Lyon oder Bordeaux ermitteln.

Die Freiheit des Stadtlebens genießen. Jetzt sitze ich in diesem 50.000-Seelen-Nest von Albi fest und soll schon wieder eine Leiche begutachten. Schon die zweite in dieser Woche«, nörgelte sie.
»Ihre Papiere, junger Mann. Wie heißen Sie? Samuel Levi. Geht ja noch. Das kann ich mir merken. Woher kommen Sie? Ah, steht gar nicht in Ihren Papieren. Tel Aviv. Wie? Deutschland? Nein, nicht Deutschland. Woher kommen Sie denn jetzt? Hier steht nicht, woher Sie kommen, und der Stempel der zuständigen Behörde, um hier legal zu arbeiten, fehlt ebenfalls. Ihre Papiere sind unvollständig oder gefälscht«, stellte die Polizisten eilig fest.
Der Stadtangestellte zog blitzartig seinen Arm zurück und machte einen Schritt nach hinten.
Es wurde allmählich heiß in Larroque. 38 Grad. Claudette spürte, wie der Schweißfilm sich auf ihrer Haut ausbreitete. Diese Schicht, die ihren Körper einhüllte, sich zu Rinnsalen formierte, um an den Schläfen, im Nacken, auf dem Rücken, zwischen den Brüsten, am Bauch, an den Schenkeln und in den Kniekehlen kitzelnd hinunterzulaufen. Sie wischte sich mit dem rechten Unterarm über die linke Wange, die Nase und die Stirn. Da war er wieder. Dieser Schweißgeruch. Säuerlich, streng.

»Wissen Sie, während man Pläne fürs Leben schmiedet, hat das Leben etwas anders mit einem vor. Wussten Sie das?«, sagte die Polizistin zu Samuel Levi.

Der antwortete mit einem Schulterzucken.

»Wie lautet Ihr Name, Monsieur?«

»Entschuldigen Sie, Madam, das habe ich Ihnen schon gesagt. Ich bin Samuel Levi«, erklärte Samuel. »Sie haben meine Papiere gesehen. Da steht genau dieser Name drin. Meiner. Samuel. Levi. Ich bin in Tel Aviv geboren. Meine Mutter kam aus Jerusalem, mein Vater aus Tel Aviv. Ich lebe seit Jahren in Tel Aviv.«

Sein öliges, jetzt schweißnasses T-Shirt klebte an seinem Körper.

»Waren Sie schon einmal in Tel Aviv, Madam? Die weiße Stadt. So lebendig, so viel Bauhaus und dann das Meer. Es ist die schönste Stadt, in der man das Leben liebt«, schwärmte Samuel Levi.

»Hier geht nichts voran. Wir nehmen Sie mit auf die *Gendamerie,* stellen Ihren derzeitigen Wohnsitz fest. Und wir werden überprüfen, ob und wann Sie den Mann hier ermordet haben«, ordnete die Polizeimeisterin an.

Hektisch schüttelte der Israeli den Kopf.

»Ich bin gelernter Gärtner und nehme zurzeit an einem Austauschprogramm der Partnerstädte Tel Aviv und Toulouse teil. Ich habe nichts mit dem Tod von Monsieur Julian zu tun.«

Die Polizistin hatte ihren Blick wieder auf den schwarzen Käfer gerichtet, der von der Hose des Toten jetzt in Richtung Bauch lief und auf einmal verschwand. Claudette nahm nicht wahr, dass nacheinander Menschen auftauchten. Dorfbewohner, von dem Polizeiauto angelockt, wollten sehen, was hier los war.

Die Polizistin, die nach dem Käfer einer bedrohten Art suchte, hob den Kopf und sagte:

»Bitte, gehen Sie wieder nach Hause. Wir werden Sie in den nächsten Tagen aufsuchen und Sie zu dem Vorfall befragen. Hier gibt es im Moment nichts mehr zu tun. Außer Sie wollen sich dieses Insekt ansehen. Ein eckfleckiger Zahnflügel-Prachtkäfer. Es ist ein einmaliges Geschenk, diesen Käfer entdeckt zu haben. Aber gerade ist er nicht zu sehen. Danke.«

Die Dörfler schauten sich irritiert an. Manch einer schüttelte den Kopf.

»Madame Morel, es geht hier um Monsieur Julian. Wir sind wegen ihm gekommen. Was ist mit ihm? Ist er tot? Ist er heute Morgen gestorben?«, brachte als erster der belgische Architekt heraus. Hinter ihm stand sein deutscher Feriengast. Die anderen nickten.

»Ja, wir werden Sie umgehend aufsuchen und Ihre Alibis überprüfen. Gehen Sie nach Hause. Hier beeinträchtigen Sie nur unsere Arbeit«, ordnete die Polizistin an.

Ihr Ton war harsch. Ein Mann blieb trotzdem stehen. Es war der Gast aus Mainz, Turgut Yilmaz. Er trug wie immer eine Anzugshose, T-Shirt und Sportschuhe mit Stahlkappen. Er hielt sich mit der Hand den Rücken. Die Stelle kurz über dem Steißbein schmerzte.
»Mein Hamsterrad«, sagte der Kommissar zu sich selbst und streckte den Rücken durch, bis es knackte. Der belgische Architekt hatte gesagt, dass hier in Larroque ein guter Platz zum Ausspannen wäre. Dass es gleich am ersten Morgen einen Toten geben würde, davon hatte er nichts erzählt.
Die Polizistin führte den Gärtner zum Polizeiauto und wartete, bis dieser eingestiegen war. Ein Bestattungsunternehmen hatte die Leiche von Monsieur Julian mitgenommen, bevor die Mittagshitze sich über ihn ausbreiten konnte. Ein Notarzt war unverrichteter Dinge wieder weggefahren. Der Polizist sperrte den Leichenfundort, inklusive des Traktors mit hydraulischer Heckenschere, weiträumig ab. Ein Schwarm Vögel tauchte auf. Mehlschwalben. Sie fingen an zu zwitschern, während Turgut den Platz, an dem der Tote gelegen hatte, genau betrachtete.
Claudette Morel schaute um sich. Rieb sich an der Stirn, beugte sich vorn über. Im nächsten Moment

baute sie sich vor Turgut auf und verschränkte ihr Arme hinterm Rücken.
»So das war's dann wohl, Sie können auch gehen.«
»Was soll das heißen, das war's dann wohl, Madame Morel? Keine Kriminalkommissare, die den Tatort untersuchen und das Geschehen rekonstruieren? Und was ist mit der kriminalistischen Leichenuntersuchung? Haben Sie die Leiche gründlich untersucht? Ich meine, sie hatte doch eine Schussverletzung am Arm«, warf Turgut entsetzt ein.
»Papperlapapp. Sie haben ihn doch gesehen, diesen alten Mann. Wenn man alt ist, stirbt man irgendwann. Und wenn man alt ist und die Hitze groß, dann stirbt man eben an Hitzschlag. Was soll daran unnatürlich sein?«
»Aber Sie sprachen vorhin von verwertbaren Spuren. Was ist mit der Spurensicherung? Und mit der Tatortsicherung?«
»Na, Sie stellen Fragen! Nichts, das war nur ein Bluff. Wie sollte ich denn die ganzen Neugierigen hier wegbekommen? Oder haben Sie eine bessere Idee?«
Unerwartet klingelte ihr Telefon. Ihre Lebensgefährtin rief an.
»Du willst was? Ich bin im Dienst. Wir können heute Abend darüber reden. Was, du bist schon im Gartencenter? Eine Swingrest für die Terrasse? Du willst das Ding unbedingt? Ob das Modell für 5.500 Euro ok

ist? Was ist ein Swingrest überhaupt? Eine Art Hollywoodschaukel. Von Dedon? Gibt es kein günstigeres Modell? 5.500 Euro ist ein Haufen Geld und ich bezahle schon den Kredit für unser Auto ab«, maulte Claudette. Aber da war die Verbindung unterbrochen.

Stattdessen entdeckte sie den Mann wieder, der noch immer da stand.

»Was machen Sie hier noch? Komische Fragen stellen?«, schnauzte sie ihn an. »Gehen Sie nach Hause. So wie die anderen. Das hier ist die Aufgabe der Polizei und nicht von Möchtegerndetektiven.«

Die Frau war von dem Anruf ihrer Lebensgefährtin genervt, die Fragen des Deutschen hatten sie verunsichert. Überhaupt war ihr gerade alles zu viel und sie beschloss, ihre Misslaunigkeit durch einen leckeren Happen zu befrieden. Sie sah das Stück Pizza im Auto vor sich. Es war so nah und doch so weit weg. Sie suchte nach ihrem Kollegen. Er würde den Wagen steuern, dann könnte sie in Ruhe essen.

Der Deutsche erkannte ihren suchenden Blick und versuchte, mit ihr ins Gespräch zu kommen.

»Ah, Sie suchen Ihren Kollegen Madame. So viel ich gesehen habe, ist er eben nach dort hinten gelaufen.« Er zeigte mit der Hand in die besagte Richtung. »Darf ich mich vorstellen, ich bin Turgut Yilmaz aus Mainz,« begann er und überlegte, mitten im Satz, ob es Sinn machte, zu erwähnen, dass er quasi ein Kollege war. Er entschied sich dagegen.

»… und will hier in Larroque Urlaub machen. Das sollte klappen, was meinen Sie?«, versuchte er, sie bei ihrer Redseligkeit zu packen.

»Keine Ahnung, das hängt davon ab, bei wem Sie wohnen«, antwortete Claudette prompt. »Es gibt blöde Unterkünfte und es gibt welche, da kann man etwas lernen.«

Der Deutsche neigte erwartungsvoll den Kopf. Zwar wollte er hier nur eine Auszeit nehmen. Doch diese Leiche, gleich an seinem ersten Urlaubstag, interessierte ihn. Und er war sich sicher, dass der Mann am Ellenbogen eine Schusswunde hatte, die nicht zum Tod geführt hatte. Schon wollte er die französische Kollegin fragen, wie sie die Analyse der vorgefundenen Situation beurteilte. Hielt sich wiederum zurück. Er gewann den Eindruck, dass Claudette den Fall vertuschen wollte. Nur, wie konnte er die Ermittlungen vorantreiben, ohne zu verraten, dass er Kommissar war? Sabine hätte das auf ihre eigenwillige Art sicher gelöst.

»Dort drüben bei dem Schriftsteller aus Marseille ist so eine blöde Unterkunft. Er behauptet, er werde von der Mafia verfolgt. Seit sein Geräteschuppen gebrannt hat, verlässt er sein Gelände kaum und trägt immer

einen Mantel. Sommer wie Winter. Zur Tarnung …«, grinste Claudette.
»Na, Sie können jetzt ebenfalls nach Hause gehen«, sagte die Polizistin weiter und zeigte immer noch mit der Hand in Richtung des genannten Hauses.
Sie drehte sich zu ihrem Kollegen um, der mittlerweile zurückgekehrt war. »Kannst du bitte fahren, ich muss dringend etwas essen.«
Dann ging sie mit ihm zum Dienstwagen, stieg hastig ein, griff nach der hart gewordenen Pizza auf der Ablage und wartete, dass ihr Kollege losfuhr.

Dienstag. Turgut entschied, den Schriftsteller aus Marseille zu besuchen. Vielleicht hatte er etwas beobachtet. »Montale« stand an dem alten Steinhaus, er klingelte und wartete, dass jemand aufmachte. Es tat sich nichts. Er kannte das von seinen Ermittlungen. Er klingelte erneut. Wenigstens hatte er es versucht. Er würde es morgen Früh wieder versuchen. Heute wollte sein Vermieter ihm endlich die Markthalle von Albi und die Stadt zeigen.

Mittwoch. Nachdem Turgut im Garten Espresso getrunken und zwei frische, warme Croissants gegessen hatte, spazierte er erneut zu dem Haus des Schriftstellers aus Marseille. Bevor er den Klingelknopf berührte, rief jemand:

»Ich bin nicht da. Gehen Sie weg.«

»Guten Tag, Monsieur Montale, ich heiße Turgut Yilmaz. Darf ich Sie etwas fragen?«, nahm der Ermittler das Gespräch auf.

»Ich habe Ihnen doch gesagt, dass ich nicht da bin«, rief die Stimme erneut. Die Haustür blieb geschlossen.

»In Ordnung«, antwortete Turgut und fragte trotzdem: »Kannten Sie Monsieur Julian?«

»Ich bin nicht da. Sie meinen den Deutschen?«

Der Polizist wusste nicht, wie er den Verlauf des Gesprächs beurteilen sollte.

»Ist Ihnen hier in den letzten Tagen etwas aufgefallen? Etwas, das anders war als sonst?«

»Sie fragen doch wegen Monsieur Julian. Sie meinen diesen notorischen Raser? Wie er regelmäßig zu schnell auf sein Grundstück düst. Das Auto sollte man ihm abnehmen. Und jetzt gehen Sie weg. Sie. Ich bin nicht da.«

Am Donnerstagmorgen suchte Polizeimeisterin Claudette Morel erneut den Leichenfundort auf. Sie lief umher, fand nichts, was ihr hätte nützlich sein können, als neben ihr ein Auto hielt. Der Mann sprach sie durchs offene Fenster des Wagens an:

»Warten Sie bitte, *Mademoiselle* Claudette. Ich habe wichtige Hinweise im Fall Monsieur Julian für Sie.«

Die mit Fräulein angesprochene Frau versuchte, gelassen zu bleiben. Es gelang ihr nicht.

»Wer sind Sie? Woher wissen Sie, was hier geschehen ist?«

»Ich bin Albert Paulin, der ehemalige Bürgermeister vom Gemeindeverband. Aber Sie wissen doch, wer ich bin. Ich kenne hier jeden Grashalm und jeden Grashüpfer, der beabsichtigt, auf einem Grashalm zu landen.«

»Ah, und ich bin Miss Marple aus St. Mary Mead. Herzlich willkommen im Club der toten Dichter.«

»Sie mögen sich für eine großartige Literatin halten. Mademoiselle, aber hier geht es um die Aufklärung der Todesursache von Monsieur Julian. Was für eine tragische Geschichte. Er war mein Freund. Sonntagmorgen saßen wir noch in meiner Küche und haben uns unterhalten. Über diese unerfreuliche Beziehung seiner Tochter«, erzählte der Bürgermeister aufgeregt. Er trug ein gebügeltes bordeauxfarbenes Hemd zu einer grauen Stoffhose mit Bügelfalte. Unter der Hose schauten schwarze Lederschuhe hervor. Sie waren voller Staub. Seine Armbanduhr glänzte in der Sonne. Claudette überlegte. Mit dem Bürgermeister durfte sie es sich nicht verscherzen. Das hatte ihr Chef gesagt. Das galt bestimmt auch für ehemalige Bürgermeister und andere Politiker im Umkreis.

»Ok, ok. Ich habe verstanden, Herr Bürgermeister. Ich habe gerade überlegt, wo wir einen metallischen Fingerabdruck herbekommen«, schwindelte sie.

Ihr Handy klingelte.

»Verdammt, ich bin im Dienst«, schimpfte die Polizistin ins Telefon. »Im Gegensatz zu dir lebe ich nicht vom Singen. Ich arbeite. Und das jeden Tag. Was? Deine Eltern fahren schon wieder weg und ich soll auf ihre blöden Hühner aufpassen? Warum immer ich …?« Wie so oft in Larroque, war auch jetzt die Netzverbindung zusammengebrochen.

Zum Ex-Bürgermeister gewandt säuselte sie: »Wie schön, Sie hier zu treffen, Monsieur Paulin.«

Dieser nutzte die Gunst des Augenblicks. Er blickte aus seinem runden Gesicht verschmitzt nach oben, strich mit dem Zeigefinger der rechten Hand über seinen dünnen Schnurrbart und hatte im gleichen Moment einen Plan geschmiedet.

»Die Freude ist auf meiner Seite. Wir werden den Fall um Monsieur Julian lösen. Sie helfen mir sicher dabei?«, antwortete er schmeichelnd und dachte dabei an seine Wiederwahl. »Bei mir zu Hause können wir ungestört reden,« schlug er vor. »Ich wohne nicht weit von hier, fahren Sie mir bitte nach.«

»Gut, Monsieur Paulin«, willigte die Polizistin ein und folgte dem schwarzen Renault Captur, eine Art Mini-SUV.

Am Haus des Bürgermeisters angekommen, setzten sich die beiden in die Küche an den langen Holztisch. Dort war es kühl. Die dicke Holzvertäfelung und die abgelaufenen Bodenfliesen hielten die Hitze zurück.

»Hier saß ich neulich noch mit Monsieur Julian. Er sprach über seine Tochter und ihre Beziehung zu dem Belgier, der gleichzeitig mit einer französischen Architektin liiert ist! Stellen Sie sich vor. Und er sprach über sein Gänseprojekt. Monsieur Julian wollte Gänse auf seinem Grundstück züchten. Zu Beginn hatte er sich zwei junge Gänse und einen Ganter gekauft. Er sagte mir, ›die Gänse werden mich bewachen‹. Das gefiel mir. Ich befürworte die Eigeninitiative der Menschen hier. Sehen Sie, diese Gegend hier wäre verwaist, hätten nicht die Engländer, die Belgier und die Deutschen Südfrankreich für sich entdeckt. Die Häuser würden verfallen, die Wiesen und Gärten verwildern.«

»Warum erzählen Sie mir das alles, Herr Bürgermeister?«, unterbrach ihn die Polizistin, die immer noch wegen des Anrufs ihrer Lebensgefährtin vor Wut schäumte. »Was hat das mit dem Toten zu tun? Er ist sowieso eines natürlichen Todes gestorben.«

»Gänse. Sie sind gute Wachhunde. Deshalb reagieren sie auf fremde Geräusche mit Geschnatter. Das könnte bei der Zucht ein Problem werden, warnte ich Monsieur Julian«, fuhr Monsieur Paulin unbeirrt fort.

Die Polizistin hatte sich dem Bürgermeister gegenüber gesetzt und eine Schale mit Feigen und Schokobaisers auf dem Fensterbrett entdeckt. Sie starrte gierig darauf.
»Gänse, die lange mit einem Menschen zusammenleben, entwickeln eine enge Bindung zu ihrer Bezugsperson. Ach, wie traurig das ist«, seufzte Monsieur Paulin. »Ich habe gehört, dass sogar Weltstars gefiederte Freunde haben. Julia Roberts zum Beispiel hält Hühner. Aber Ganter stellen ein Problem dar. Sie zwicken manchmal fremde Besucher. Unser belgischer Nachbar, so habe ich erfahren, hat den wachsamen Ganter von Monsieur Julian verschwinden lassen. Er wollte durchsetzen, dass er nicht so laut schnattert. Meinen Freund interessierte das leider nicht. Er hielt nichts von den Drohungen des Belgiers. Plötzlich fehlte seine Gans. Wie vom Erdboden verschluckt. Eines morgens lag ein Häufchen Knochen auf der Fußmatte von Monsieur Julian. Säuberlich gewaschen und sortiert. Obenauf ein paar weiße Gänsefedern«, Monsieur Paulin machte eine bedeutungsvolle Pause. »Mademoiselle, ist das nicht verdächtig? Haben Sie bei Monsieur Julian schon etwas gefunden, das auf seinen Mörder hinweisen könnte? Einen Abschiedsbrief, eine Waffe – oder vielleicht ein paar Gänsefedern?«
»Nur einen Autoschlüssel«, antwortete die Polizistin.

Die Spezialisten der kriminaltechnischen Abteilung in Toulouse hatten festgestellt, dass der Schuss auf Monsieur Julian von schräg vorne gekommen sein musste. Das Projektil war nicht zu finden gewesen. Durch den Schuss war das rechte Ellenbogengelenk des Mannes getroffen worden. Doch diese Verletzung hatte nicht zum Tod von Monsieur Julian geführt.

Es klopfte an der Tür.
»Sie erwarten Besuch?«, fragte Claudette. »Jetzt, wo wir bei den Ermittlungen sind. Was fällt Ihnen ein«, zischte sie und nahm wieder die Schale mit den Feigen und den Schokobaisers ins Visier.
»Nein, ich erwarte keinen Besuch, Mademoiselle. Aber ich sehe nach, wer es ist«, der Bürgermeister verließ die Küche.
Claudette sprang auf, rannte zu der Glasschale, stopfte sich ein paar Feigen und ein Schokobaiser in den Mund, kaute eindringlich und versuchte, die Masse hinunterzuschlingen. Doch das Baiser bröselte, staubte und sie musste husten. Als sie Stimmengemurmel vernahm, lief sie zum Tisch zurück.
»Kommen Sie herein«, hörte sie Monsieur Paulin sagen. »Wir sind mitten in den Ermittlungen.«
Es war der Belgier. Er hatte einen Gast mitgebracht.

»Darf ich vorstellen, unser belgischer Nachbar, seinerzeit ein erfolgreicher Architekt«, begann der Bürgermeister.

»Und Herr Yilmaz«, unterbrach ihn die Polizistin. »Wir hatten bereits das Vergnügen.«

Sie hatte aufgehört, zu husten, und sah den belgischen Architekten prüfend an. Nachdem alle Platz genommen hatten, ergriff sie mit Blick auf den Belgier das Wort.

»Sie haben die Gans von Monsieur Julian getötet. Jetzt geben Sie es zu. Wir sind unter uns. Dann haben Sie vielleicht auch Monsieur Julian ermordet?«

»Ich bitte Sie, Mademoiselle Morel, wir dürfen nichts übereilen«, unbewusst benutzte Turgut die gleiche Anrede wie der Bürgermeister.

»Ich hasse Gänse, Hühner, das ganze Federvieh!« Claudette sprang von ihrem Platz auf und rannte aus dem Haus. Im Hof blieb sie stehen.

»Dieses Gescharre. Glucken. Krähen. Vor allem dieser Bergkräher. Dieser Menfighter. Sein ewiges Krähen. Sandscharren. Hühnerscheiße. Sitzstangen. Madiges Hühnerfutter.«

Der Bürgermeister kam heraus.

»Meine Schwiegereltern haben Hühner. Und immer, wenn sie Urlaub machen, muss ich auf diesen beschissenen, stinkenden Hühnerstall aufpassen. Meine Lebensgefährtin ist sich ja dafür zu fein. Aber für den

Scheißhahn bin ich ein Konkurrent! Oder er hat in seiner Jugend schlechte Erfahrung gemacht. Jedenfalls ging er laut krähend auf mich los, als ich im Hühnerstall Eier sammelte. Er hat nach mir gehackt und mich ins rechte Bein gepickt. Das Blut spritze aus der Ader, ich dachte, ich sterbe! Noch heute trage eine Narbe davon. Es reicht mir. Endgültig.«

Sie hob einen Stein auf und warf ihn nach den Spatzen, die in der Hecke tschilpten. Er galt ihrem Leben. Diesem Zuviel an Pflichten und dem Zuwenig an Respekt.

Das Werfen trieb ihr die Tränen in die Augen, als sie den Stein losgelassen hatte. Weswegen war sie Polizistin geworden? Es gab nur diesen einen Grund. Sie wollte, dass man sie endlich respektierte. Schluss mit »Mademoiselle Claudette«.

Sie stand mitten in dem fremden Hof. Zitterte.

»Gehen Sie rein, ich komme ohne Sie klar. Los, ab, gehen Sie in Ihr Haus.«

»Aber Mademoiselle, wie steht es um die Analyse des Falls?«

Claudette bohrte ihren Blick in seinen. Daraufhin ging der Mann betreten zurück in die Küche. Sah Respekt erlangen so aus?

Der belgische Architekt ignorierte die Anschuldigung und begann eine Beobachtung zu schildern, die er für bedeutungsvoll hielt.

»Wussten Sie, dass Monsieur Julian seit ungefähr einem Jahr eine Art männliche Haushaltshilfe hatte? Immer dienstags kam der junge Mann zu ihm ins Haus. Ich habe ihn regelmäßig gesehen. Ich schätze ihn auf Mitte 30. Untersetzt, Brille mit Metallgestell. Meistens trug er kakifarbene Shorts und dazu braune Wanderschuhe. Ich weiß, wer der Mörder des Schreinermeisters ist.«

Turgut hörte aufmerksam zu.

»Es reicht«, schritt der Bürgermeister ein. »Geschwätz.«

Er war an sein Küchenbuffet herangetreten. »Sie haben den Masseur von Monsieur Julian in Verdacht. Sie sind verrückt geworden. Das ist mein Neffe«, schimpfte Bürgermeister Paulin. Rote Flecken breiteten sich an seinem Kinn und Hals aus.

»Hier, trinken Sie einen Schnaps, und dann gehen Sie bitte nach Hause«, er knallte eine Flasche Pastis und vier Gläser neben den Wasserkrug auf den Tisch.

»Ich gönne mir jetzt auch einen. Herrje, was für ein Tag«, stöhnte der Hausherr, schraubte die Flasche mit dem Anisschnaps auf, füllte damit drei Gläser, nahm ein Glas und leerte es genüsslich aus.

»Ich habe genug von dem Gerede hier drin. Besser ich sehe noch einmal nach, wo die Polizistin steckt, sonst kommen wir nicht weiter.«

Monsieur Paulin drehte den beiden Männern den Rücken zu und ging nach draußen. Er konnte Claudette nirgendwo finden.
Wie aus dem Nichts kam ein Radfahrer um die Ecke gebogen. Der Bürgermeister blickte ihm entgegen. Der Fahrradfahrer bremste scharf neben Paulin. Ohne vom Rad abzusteigen, stieß er atemlos hervor:
»Herr Bürgermeister, ich habe gehört, dass Monsieur Julian ermordet wurde. Ich habe in den letzten Wochen einen Jäger beobachtet. Einen, der nicht aus der Gegend stammt. Er kam mir die ganze Zeit schon verdächtig vor.«
»Stell dein Rad dort drüben ab und geh rein, François. Dort kannst du in Ruhe erzählen, was du gesehen hast. Wir sind mitten in der Aufklärung des Falls.«
François, der Handwerker von Larroque, stieg vom Rad und lehnte es eilig an die Hecke, redete weiter und lief um Monsieur Paulin herum.
»Er schoss den großen Eber. Sie wissen schon. Der, der manchmal hinten im Wald bei den Kühen zu sehen war. Ich meine, heute Morgen schoss er ihn. Vielleicht hat er auch auf Monsieur Julian geschossen? Was meinen Sie? So sagen Sie doch endlich etwas, Herr Bürgermeister.«

Die Sommerhitze senkte sich flirrend in den Hof. Das war die Zeit, in der die Menschen schweigsamer wurden und sich zurückzogen.

»Komm, François, trink einen Pastis mit uns. Die Flasche steht drinnen auf dem Küchentisch. Mein belgischer Nachbar und sein Feriengast aus Deutschland sitzen auch schon da. Aber verschon mich mit deinen Vermutungen. Mein Instinkt sagt mir, dass es eine Erklärung für den Tod von Monsieur Julian gibt«, der Bürgermeister winkte François in die Küche. Der freute sich über die Gelegenheit, ein Glas Anisschnaps trinken zu können, und stapfte ins Haus.

Albert Paulin blickte sich vergeblich nach Claudette um und wollte ebenfalls zurück in die Küche gehen, als das Postauto in den Hof gefahren kam.

»Monsieur Bürgermeister, heute habe ich einen Brief für Sie«, rief der Postbote aus dem offenen Autofenster.

»Den hast du doch jeden Tag, Jacques«, antwortete dieser und lauschte. Hörte er die Stimme der Polizistin? Mit wem sprach sie? Gleich würde er sich auf die Suche nach ihr machen.

»Ja, aber heute ist ein besonderer Brief dabei. Sehen Sie, der Umschlag! Es ist so ein feiner Umschlag. Er trägt sogar ein Siegel. So sehen Sie sich doch den Brief an, Monsieur Bürgermeister.«

Paulin nahm den Brief entgegen.

»Du hast Recht. Es ist ein außergewöhnlicher Briefumschlag. Es steht nicht einmal ein Absender drauf. Nur dieses rote Siegel. Hm. Von wem er wohl ist?«, wunderte er sich und betrachtete den Umschlag sorgfältig.

Der Postbote wartete darauf, dass der Bürgermeister den Brief öffnen würde. Doch dieser steckte ihn in seine Jackentasche, ging zurück zum Hauseingang, drehte sich um und rief:

»Komm herein, Jacques, trink mit uns. François, unser Belgier und sein Feriengast sitzen bereits in der Küche.«

»*Mon dieu,* eine Pause ist genau das, was ich mir gewünscht habe. Ich danke Ihnen«, antwortete der Briefträger, stellte sein Auto im Schatten eines Baumes ab. Auf dem Weg zur Küche, blieb er im Hof stehen. »Solche Briefe bekommt man nicht jeden Tag geschickt, Monsieur Paulin«, drängte der Postbote.

»Ich sehe später nach, wer mir diesen Brief geschickt hat. Nun komm schon, Jacques. Wie oft soll ich dich noch bitten?«, wies er den Mann an und tat einen Schritt zur Seite, damit dieser eintreten konnte. Jetzt waren sie eine bunt gemischte Zeugenrunde und konnten gemeinsam mit der Polizistin ermitteln. Nur. Wo steckte sie?

Albert Paulin schritt die paar Treppenstufen hinunter in den Hof und ging unbemerkt an der Hecke entlang in Richtung Scheune. Dort, wo früher einmal seine Pferde gestanden hatten. Das war viele Jahre her. Aus der Küche vernahm er das Anstoßen von Gläsern und eine muntere Unterhaltung. »Von wem kommt dieser Brief? Ich muss nachsehen. Sofort. Alleine.« Er hielt den Kopf aus dem Wind und lauschte nach Claudettes Stimme.

Gut, wenn er sie nicht fand, dann wollte er wenigstens in Ruhe seinen Brief lesen. Er betrat die Scheune, die Tür lehnte er sachte an. Nahm eine hölzerne Weinkiste von einem Stapel herunter, drehte sie um, setzte sich darauf und versuchte, den Umschlag seitlich zu öffnen. Er hatte Sorge, den Inhalt mit abzureißen und suchte den Boden nach einem kleinen Stock ab, den er in den Briefumschlag stecken konnte, um ihn an der Schmalseite zu öffnen. Schließlich entdeckte er einen alten Nagel und hob ihn auf. Mit seinem Stofftaschentuch wischte er den Schmutz von dem Nagel ab und steckte ihn in den Schlitz. Hastig riss er den Umschlag auf, zog den gefalteten Briefbogen heraus, klappte ihn auseinander. Verdammt. Er konnte nicht lesen, was da stand. Zu wenig Licht fiel auf das Papier. Paulin streckte seine Hand in Richtung des Lichtspalts rechts neben ihm, bis das Licht auf die Schrift fiel. Aufgeregt begann er, die ersten Worte der Handschrift zu entziffern.

Mein lieber Albert,
ich hoffe, du erinnerst dich noch an mich.

Hinter ihm knackste etwas. Paulin zuckte zusammen. Richtete sich auf und wartete auf das, was jetzt kommen würde. Die Singzikaden zirpten in der vorherrschenden Glut und trieben damit die Gedanken des alten Mannes voran. Erleichtert hörte er Schritte und Stimmen draußen im Hof. Seine Gäste waren im Begriff zu gehen.

Erneut vernahm er das Knacken, stand auf, versuchte, sich zurechtzufinden, und fragte aufs Geratewohl:

»Claudette, sind Sie hier?«

»Ja«, antwortete diese und trat in den Lichtschlitz.

»Herr Bürgermeister, Ihnen kann ich es ja sagen.« Sie begann zu weinen. »Ich verdiene nicht schlecht, aber meine Lebensgefährtin. Sie kauft am liebsten Kleidung und Möbelstücke, die von namhaften Designern stammen. Unsere Wohnung sieht aus wie ein Kunstgewerbe-Museum. Mir wächst das über den Kopf. Ich weiß nicht mehr, wie ich das alles bezahlen soll«, sie weinte, bis ihre Stimme krächzte. »Sie verraten mich nicht, Monsieur Paulin?«, bat die Frau und senkte den Kopf auf die Brust.

»Was mache ich jetzt nur mit meinem demolierten Leben?«, sie wartete keine Antwort ab und drückte sich eine Pistole an den Kopf.

»Haben Sie Monsieur Julian getötet?«, fragte der Bürgermeister zurück.
»Das geht Sie nichts an.«
»Wenn du dich jetzt umbringst, Claudette, dann kannst du nichts mehr in deinem Leben ändern. Sprich mit deiner Freundin oder suche dir einen Mann«, entgegnete Albert Paulin eindringlich. »Und gib mir deine Pistole, Claudette. Komm, wir gehen nach draußen.«
»Sie meinen, ich soll mich nicht umbringen«, provozierte die verzweifelte Frau, zog die Waffe von ihrem Kopf weg und ließ den Arm nach unten fallen. Blitzschnell riss sie im nächsten Augenblick die Hand nach oben und schoss in das Scheunendach.
»Nicht, dass Sie denken, ich könnte nicht mit der Waffe umgehen«, hitzig schwenkte Claudette die Pistole hin und her. Dann zielte sie auf den Bürgermeister.
Turgut, der darauf wartete, mit Monsieur Paulin unter vier Augen sprechen zu können, war die ganze Zeit am Küchentisch sitzen geblieben. Als er den Schuss hörte, stürzte er ins Freie.
Mit bleichem Gesicht und zittrigen Knien stand der Bürgermeister der Polizistin in der schummrigen Scheune gegenüber. Der Brief war ihm aus der Hand gerutscht und unter die Weinkiste auf den Boden gefallen.

»Monsieur Paulin, alles in Ordnung?«, schrie Turgut und wartete im Hof auf eine Antwort.
»Los, antworten Sie, dass es Ihnen gut geht«, befahl Claudette und hielt noch immer die Waffe in Richtung des alten Mannes gerichtet.
»Gib auf und geh nach Hause«, versuchte Monsieur Paulin, die junge Frau zu überzeugen.
Der deutsche Kommissar ließ keine Zeit verstreichen, schlich sich in Richtung der Scheune und öffnete behutsam die angelehnte Tür. Sein Blick fiel durch einen Spalt auf Monsieur Paulin und die Polizistin, die dem Bürgermeister gerade die Waffe übergab. Turgut öffnete die Scheunentür weiter, bis er den beiden gegenüberstand.
»Danke, wir haben alles im Griff«, brachte Monsieur Paulin erleichtert hervor und ging mit Claudette an ihm vorbei in den Hof.
»Es ist vorbei, Claudette. Geh heim, ruh dich aus. Es war ein anstrengender Tag für dich.«
»Bitte, verpfeifen Sie mich nicht, Herr Bürgermeister. Wenn ich meinen Job verliere, dann bin ich am Ende. Dann bringe ich mich wirklich um.«
Der Bürgermeister legte seine Hand väterlich auf ihre Schulter und erwiderte: »Wir haben hier schon andere Vorfälle vom Tisch bekommen. Du hast mein Wort, *ma petit.* Vertrau mir.«

Turgut hatte von dem Gespräch nichts mitbekommen und war auf dem Weg in die Scheune. Wenn sich hier ein Ereignis zugetragen haben sollte, würde er die vorgefundene Situation sofort analysieren und die Tatortgrenzen festlegen. Er stolperte in die Scheune hinein, strauchelte an der Weinkiste und warf sie um. Im Halbdunkel erspähte er den Brief von Monsieur Paulin. Und einen feminin wirkenden cremefarbenen Umschlag.

»So sauber wie das Papier ist, liegt der Brief noch nicht lange hier«, kombinierte der Ermittler. Auch er hatte vor langer Zeit einen Brief erhalten. Von seiner damaligen Freundin Sabine Klein. Als sie während der gemeinsamen Studienzeit in Hahn zusammen in seinem alten Golf am Rheinufer gesessen, zu viel Eis gegessen und aus dem Kassettenrecorder Edith Piaf gehört hatten. Bei *Non, je ne regrette rien* hatten sie beide mitgesungen. Bevor sie zurückgefahren waren, hatte Sabine ihm einen Brief überreicht, den er gedankenlos ins Seitenfach der Fahrertür gesteckt und nach einem Unfall zusammen mit dem Auto verschrottet hatte. Jetzt fiel ihm diese Szene wieder ein und er bereute, dass er Sabines Brief damals nicht auf der Stelle gelesen hatte. Diesen Fehler wollte er kein zweites Mal begehen und steckte den Brief des Bürgermeisters sofort ein.

»Bei der nächstmöglichen Gelegenheit lese ich ihn«, sagte Turgut zu sich und stahl sich aus der Scheune, als er hörte, dass ein Auto wegfuhr. Doch der Bürgermeister stand noch im Hof.

»Oh, Monsieur Paulin, Sie sind da? Ich bin Polizist, Kriminalkommissar, ich kann Sie bei den Ermittlungen unterstützen«, setze er an und versuchte, seine Sicherheit in dem Gespräch wieder zu erlangen. »Viel Zeit bleibt mir nicht mehr. Ich reise morgen ab.«

»Danke, nein«, lehnte dieser das Angebot ab. »Ich bin müde, Monsieur Yilmaz, bitte gehen Sie.«

Der Ermittler verabschiedete sich, steckte seine Hand in die Hosentasche, vergewisserte sich, dass der Brief da war und hielt ihn fest umschlossen. So lief er einen Feldweg entlang zu seiner Unterkunft.

Freitag. Der Tag versprach wieder heiß zu werden. Schon am frühen Morgen zeigte sich dieses satte Blau. Das am Horizont heller und weiter oben von einem zarten Weiß durchmischt wurde, um zur Mitte hin alles zum Glühen zu bringen.

Der Bürgermeister hatte schlecht geschlafen. Diese Geschichte um den Tod seines Nachbarn durchstreifte seine Träume. Beim Aufwachen nahm er ein Klingeln und Vibrieren wahr. Das spielte sich nicht im Traum ab. Es war im realen Leben und es war sein Handy. Wo lag es nur wieder? Ah. Er hatte es am

Abend im Badezimmer ans Ladekabel gehängt. Monsieur Paulin stand auf, holte es und ging wieder ins Schlafzimmer zurück, um sich anzukleiden. Ein heißer Windhauch strich über den Hof und wirbelte Sand auf. Bewegte die Vorhänge und fegte etwas Staub durch die offen stehende Haustür. Seine Frau würde den Sand sofort bemerken, er würde vor ihrer Rückkehr fegen müssen. Die Telefonnummer war unterdrückt worden. Etwa ein Anruf in Zusammenhang mit dem Todesfall von Monsieur Julian? Wie sollte er zurückrufen? Es klingelte erneut. Er nahm sofort ab.

»*Bonjour, Chérie.*«

»Warum ist deine Nummer unterdrückt?«

»Damit du abnimmst«, antworte Madame Paulin selbstbewusst.

Sie erinnerte ihren Mann daran, dass er einkaufen gehen sollte. Sie hatte ihn darum gebeten, bevor sie für ein paar Tage zu einer Freundin nach Toulouse gefahren war. Und sie wusste, er würde es vergessen. Nun ja, er musste jetzt wirklich ein paar Dinge erledigen. Morgen würde Madame Paulin zurückkehren. Er holte Geld, Schlüssel, einen Einkaufskorb und fuhr in den Supermarkt nach Albi.

Zur selben Zeit klingelte Turguts Handy. Er lag bereits hellwach im Bett und dachte an den Brief. Die Ereignisse der letzten Tage ließen ihn nicht zur Ruhe kommen. Er schaltete den Wecker aus, stand auf und griff erneut nach dem fremden Brief, der auf dem Tisch lag:

Mein lieber Albert,
ich hoffe, Du erinnerst Dich an mich. Wir haben früher im Schulbus nebeneinandergesessen. Das ist mindestens 50 Jahre her.
Heute bin ich Künstlerin und erstelle Schießbilder. Das sind Objekte, bei denen ich mit scharfer Munition auf mannsgroße Gemälde schieße.
Vor ein paar Tagen war ich wieder in Larroque. Für einen Auftrag hing ich im Wäldchen hinterm Dorf mehrere Bilder auf und begann, zu arbeiten. Plötzlich erschien ein Mann und fragte, was ich hier mache.
»Schießbilder erstellen«, erklärte ich ihm.
»Hören Sie sofort auf damit!«, brüllte er und war gleich auf 180. Wir bekamen Streit.
Er nannte mich eine hässliche Emanze und wies mich barsch an, zu gehen. Ich war so wütend, dass ich in den Baum neben ihm schoss.
»Wenn Sie Mut haben, dann duellieren Sie sich mit mir«, forderte der Verrückte – und ich willigte ein.
Mein Gott.
Natürlich schoss ich daneben und er auch. Aber ich hatte ihn am Ellenbogen getroffen. Obwohl er blutete,

wollte er keine Hilfe von mir und rannte weg. Ich konnte ihn danach nicht mehr finden.
Nun meine Bitte an Dich, Albert. Der Mann wohnt sicher in Deiner Nachbarschaft. Ruf mich an, meine Telefonnummer steht unten. Ich möchte mich bei ihm entschuldigen und ihm zur Wiedergutmachung eines meiner Bilder schenken.

Herzlichst
Isabelle (Laurent)

Turgut musste sofort zu Monsieur Paulin und mit ihm über den Brief sprechen. Aber wie sollte er dem Bürgermeister erklären, warum er im Besitz seines Briefes war? Ihn anrufen und rundheraus sagen, hallo, Herr Bürgermeister, ich bin es, Kommissar Turgut Yilmaz. Ich muss Ihnen gestehen, dass ich Ihren Brief habe mitgehenlassen? Er steht in Zusammenhang mit dem Tod von Monsieur Julian. Kann ich vorbeikommen?
Aber der Bürgermeister hatte schon gesagt, dass er ihn nicht bei dem Fall dabei haben wollte. Mist. Außerdem hatte er gar keine Telefonnummer von Monsieur Paulin, und sein Vermieter, der belgische Architekt, war nicht da. Ihm blieb nichts anderes übrig, als den Bürgermeister zuhause aufzusuchen.

Während der Kommissar auf dem gleichen Feldweg wie am Abend zuvor zu dem alten Hof wanderte, kaute er an seinen Nägeln. Das erste Mal in den Tagen hier in Südfrankreich. Die Strecke führte die ganze Zeit bergauf durch die sich ausbreitende Morgenhitze. Seine Auszeit war um. *Merde.* Er hatte sich all die Tage mit dem Fall Monsieur Julian beschäftigt und jeden Gedanken an sein eigenes Leben verdrängt. Wie konnte es weitergehen? Mit seiner Frau, mit seinem Job und der Zusammenarbeit mit seiner Exfreundin Sabine?

Turgut erreichte das Grundstück von Monsieur Paulin und er sah sofort, dass dessen Auto nicht im Hof stand. Er ging weiter bis an das Gebäude, stieg die drei ausgetretenen Steinstufen hinauf und bediente den Türklopfer aus Metall. Als er weder Schritte noch Stimmen vernahm, stapfte der Kommissar ums Haus und rief durch die Schlitze der hölzernen Fensterläden vor dem Küchenfenster:

»Monsieur Paulin, ich muss mit Ihnen sprechen. Mir sind ein paar Dinge aufgefallen. Sie stehen in Zusammenhang mit dem Tod Ihres Nachbarn, Monsieur Julian. Bitte kommen Sie heraus. Ich brauche nicht lange.«

Keine Antwort. Der Kommissar hob den Kopf, schaute sich im Hof um und nahm auf einer der

Treppenstufen vor dem Hauseingang Platz. Er überlegte laut:
»Heute Abend geht mein Flug zurück. Als Polizist verhält man sich korrekt. Ich kann jetzt nicht mit dem Brief im Gepäck verschwinden. Unmöglich.«
Er erhob sich und ging zögerlich hinüber zu der Scheune. Öffnete das Holztor. Die Luft, die ihm entgegenschlug, war muffig und warm. Turgut zog den Brief aus der Hosentasche und betrat die Scheune. Er wollte den Brief zurück unter die Weinkiste legen. Sein Handy vibrierte. Er sah auf das Display.
Nesrin.
»Endlich erreiche ich dich. Was ist los, Turgut? Du gehst nicht ans Telefon und rufst auch nicht zurück. Was soll das? Ich mache mir Sorgen. Ich fahre mit den Kindern nachher nach Frankfurt. Wir besuchen eine Freundin und holen dich später vom Flughafen ab. Sag mir bitte deine Flugnummer und wann du genau landest.«
Der Kommissar hörte zu und bemerkte, dass er innerhalb der letzten Minuten die Nägel an allen Fingern abgekaut hatte. Es war diese Spannung, die in seine Muskeln schoss und langsam seinen Rücken wieder blockierte. Er konnte sich nichts vormachen, die Nagelreste an den beiden Mittelfingern brannten und bluteten. Sie waren der Beweis dafür.

Er atmete hektisch und zog die Schultern hoch: »Nesrin, ich fliege heute Abend nicht zurück. Hier gibt es einen Mordfall, bei dem ich ermittle. Er wird vermutlich in den nächsten Tagen aufgeklärt. Ich hatte noch keine Auszeit. Ich buche um und sage dir, wann genau ich zurückfliege.«

Sein Herz raste, fand nur allmählich wieder zu seinem Rhythmus. Der Kommissar hörte, wie seine Frau auflegte. Er schwitze auf einmal am ganzen Körper. Er musste hier im Hof auf Monsieur Paulin warten, ihm von dem Brief in der Scheune erzählen. Und vielleicht würden sie danach zusammen einen Pastis trinken.

Dass Monsieur Julian an einem Herzschlag gestorben war und die eigenwillige Künstlerin Isabelle Laurent indirekt für seinen Tod verantwortlich war, würde Turgut in den folgenden fünf Tagen noch erfahren. In diesem Augenblick hörte er weit entfernt Musik.

Non, je ne regrette rien.

ANGELIKA ANGERMEIER – ÜBER MICH

1962 bin ich in Bayern geboren und habe als Kind am Frühstückstisch meines Onkels gebannt den Fällen von Morden und Verbrechen gelauscht – mein Onkel war Psychologe an einer Justizvollzugsanstalt. Seitdem fasziniert mich die Psyche des Menschen. Doch bevor ich anfing zu schreiben, sammelte ich eigene Geschichten, wanderte nach Italien und auf eine griechische Insel aus und studierte danach Innenarchitektur. Ich will Charaktere entschlüsseln und damit eigene Geschichten kreieren. Heute arbeite ich als PR-Referentin im Rhein-Main-Gebiet und lebe in Rheinhessen, wo auch die meisten meiner Krimis spielen. Meine Kurzkrimis mache ich beim Wandern erlebbar. Termine und Infos zu den Krimiwanderungen finden Sie auf meiner Webseite.

Nun für alle, die mich beim Krimischreiben beraten und mir zur Seite stehen – vor allem meine Familie: Ich DANKE Euch. Und auch dem Peter Meyer Verlag für seine Geduld, die professionelle Beratung, die konstruktiven Wortdiskussionen und die gute Zusammenarbeit.

Wenn Sie mich etwas fragen möchten oder eine schöne Geschichte kennen, dann schreiben Sie mir unter info@deine-schoene-geschichte.de. Ich lese und beantworte gerne Ihre Mails.

Mörderische Grüße
Angelika
www.deine-schoene-Geschichte.de

Vor die Haustür, fertig – los!

MAINZ RHEINHESSEN MIT KINDERN
350 spannende Ausflüge und Aktivitäten rund ums Jahr

350 Ausflüge und Aktivitäten, Kurzwanderungen und Radtouren, interessante Museen, Kultur zum Mitmachen und Anfassen rund um Mainz und Rheinhessen.

ISBN 978-3-89859-471-4
von Philipp Wohltmann

FRANKFURT & UMGEBUNG MIT KINDERN
300 x Erlebnis & Spaß für drinnen und draußen. Umweltfreundlich mit S, U & Bus

Perfekt gegen Elternstress und Kinderlangeweile in Frankfurt und Rhein-Main.

ISBN 978-3-89859-466-0
von Annette Sievers

pmv PETER MEYER VERLAG